KB185839

눈물은 내려가고 숟가락은 올라가고

- 이 책은 방일영 문화재단의 지원을 받아
  저술·출판되었습니다.

눈물은 내려가고
숟가락은 올라가고
곽아람

편집국의 커다란 사무실에는 번민할 과거도
미래도 없다. 내일의 신문을 낸다. 그 단순 명쾌한
목적을 향해 많은 사람들이 정해진 시간을
공유하며 달린다. 노여움도 초조함도 분노도
단두대의 날처럼 내려치는 마감 시간에 의해
끊어진다. 그 순간 모두가 깨끗하게 '오늘'을
던져버린다.

요코야마 히데오, 『클라이머즈 하이』 중에서

띵 시리즈를 편집하는 동안에는 그 음식과 완전히 사랑에 빠진 채 지냅니다. 마치 드라마 혹은 영화 촬영 내내 극 중 역할에 몰입하여 완전히 다른 사람으로 사는 배우처럼 말이죠. 『언제나 다음 떡볶이가 기다리고 있지』를 만드는 동안 해치운 떡볶이가 몇 그릇이며, 『나 심은 데 나 자란다』를 만들던 겨우내 희생된 붕어빵은 또 몇 마리인가요.

하지만, 이번만큼은 다릅니다. 제가 몸담고 있는 회사, 그러니까 이 책을 펴내는 출판사에는 구내식당이 없기 때문입니다. 하지만 구내식당은 없어도 구내식당처럼 드나드는 수많은 식당들이 있고, 일을 하다가 정해진 시간이 되면 그곳에 가서 배를 채우고 돌아와 다시 업무를 이어가는 행위는 이 책의 그것과 크게 다르지 않을 것입니다.

정갈한 식기에 담긴 구내식당 한상차림. 곽아람 기자의 인스타그램에 거의 매일 올라오는 사진으로부터 이 책은 시작되었습니다. 그 아래에는 지극히 사적인 일기에 가까운 업무일지가 길게 적혀 있는데, 언론사에서 일어나는 일의 일부를 가늠해보고 일간지 기자의 하루 일과 역시 짐작게 합니다. 물론 그날의 구내식당 메뉴도 알 수 있죠.

취재를 마치고 돌아온 주말 점심에도, 할머니가 돌아가신 날에도, 낙종할까 두려운 날에도, 언제나 구내식당이 있었습니다. 결국 이 책은 회사의 녹을 먹으며, 회사의 발전과 개인의 성장을 함께 도모하고, 매일 자신이 맡은 일을 성실히 해내는 '회사 사람 친구'들의 이야기인 셈입니다.

세미콜론 출판사는 병원과 사무실이 밀집한 곳에 위치해 있어서인지 주변에 소위 '식판집'이 많습니다. 식권 10매를 한 번에 구매하면 1매를 더 주는 곳도 있는데요. 작은 뷔페처럼 매일 바뀌는 식단, 입구에서 수저를 챙긴 뒤 음식을 적당량 식판에 받고 잔반은 국그릇에 모아 퇴식구에서 처리하는, 구내식당과 유사한 시스템이죠.

이곳에서나마 구내식당 감성을 흉내 내보지만 그날의 식사가 크게 인상적이지 않았던 건, '구내식당'의 핵심은 결국 '한솥밥을 먹는다'는 심리적 유대감이 전부이기 때문인지도 모르겠어요. 오늘도 눈물은 내려가는 와중에 숟가락은 올라가는 모두에게 이 책을 바칩니다.

Editor 김지향

차례

밥벌이의 웃음과 눈물

모든 일은 인스타그램에서 시작되었다.

일상의 기억할 만한 일을 소셜미디어에 기록하는 건 싸이월드 시절 시작된 오랜 습관이다. 매일 일기를 쓰는 건 '기록하는 자가 결국 역사의 승자'라고 생각해서다. 그 일기를 혼자 보지 않고 소셜미디어 친구나 팔로워들과 공유하는 건 글 쓰는 감각을 유지하고 싶어서다. 독자가 있을 때 쓰는 감각과 독자가 없을 때 쓰는 감각은 확연히 다르다. 독자들과 함께 호흡하면서 '이 문장은 진실한가.' '이 구절이 누군가에게 상처를 주지 않을까.' 꾸준히 고민하며 긴장감을 유지할 때 글쓰기가 늘고, 더 좋은 글이 나온다.

본업인 기자 일에서는 독자를 생각하며 쓰기가 쉽다. 신문 기사는 공적인 글이다. 내가 쓴 글은 상급자의 데스킹(언론사에서 기사 초고를 검토하고 팩트와 문장 등을 고쳐 완제품으로 만드는 일)을 거쳐서 출고되고, 출고된 기사는 교열부의 검토 후에 지면에 실린다. 지면 초안은 각 부서장 및 편집국장이 참석한 회의에서 여러 번 논의를 거친 후 인쇄된다. 사내에서

부터 독자가 많은 셈이다. 게다가 매일 독자서비스 센터를 통해 당일 신문에 대한 지적이 쏟아져 들어온다. 그중 한 케이스가 되고 싶지 않으면 정신을 바짝 차려야 할 수밖에.

부업인 저술업은 좀 다르다. 에세이스트로서 쓰는 글은 사적이다. 인쇄 전에 편집자라는 첫 독자가 봐주기는 하지만 회사의 제품인 기사와 달리 글에 대한 대부분의 결정권이 내게 있다. 내가 책임져야 하는 부분이 그만큼 많다는 이야기. 이런 글을 쓸 때는 거리 유지가 중요하다. 무엇보다 나 자신과 적절한 거리를 유지해야 하고, 독자와의 거리도 적정선을 지켜야 한다. 나를 보여주되 지키아 하며, 나를 지키되 지나치게 감추면 안 된다. 독자를 의식하되 그들의 비위를 맞추거나 휘둘리면 곤란하다. 거리 유지에 실패한 에세이는 낯 뜨겁거나 지루하다. 나르시시스트의 노출증으로 읽힐 수 있고, 방어적이거나 가식적으로 보일 수 있다.

'거리의 감각'을 잃지 않기 위해, 나는 SNS를 한다. 불특정 다수의 독자를 염두에 두고 글을 쓰면서 끊임없이 독자들과의 거리를 측정한다. 대중 앞에서 나를 어느 정도 드러내고 어느 정도 숨길 것인지 가늠한다. 댓글과 '좋아요' 반응을 보며 거리 조절이 제대로 이루어지고 있는지를 점검한다.

인스타그램은 거리 감각을 유지하며 글쓰기에 최적의 매체다. 최대 2,200자라는 분량은 길지도 짧지도 않다. 2,200자 안에 하고 싶은 이야기를 다 담으려 애쓰다 보면 곁가지를 치고 핵심만 남도록 글을 다듬는 훈련이 된다. 페이스북과는 달리 시사적인 이슈로 싸우는 이들이 별로 없어 평화로운 분위기에서 마음 놓고 일상 이야기를 할 수 있다는 장점도 있다. 이런 여러 이유로 뭇 소셜미디어 중 일상 기록용으로 인스타그램을 택한 내게 단 하나의 장벽이 있었으니, 바로 사진이었다.

인스타그램은 사진 없이 글을 올릴 수 없도록 설계돼 있다! 인스타그램에 올릴 만한 사진을 찍기에 적합한 감성적인 피사체를 가리키는 말인 '인스타그래머블'이라는 신조어가 나올 정도니 인스타그램이 사진 위주의 매체라는 건 주지의 사실이지만, 사진을 글을 쓰기 위한 도구 정도로 생각하는 내게 매일 '인스타그래머블한' 사진을 찍거나 찾는 건 쉽지 않았다. 본디 나는 사진 찍는 일도 귀찮아하고, 사진 찍히는 것도 달갑지 않아 하던 사람이다. 그런데 인스타그램에 글을 쓰려면 뭐라도 찍어야 했다.

구내식당에서 밥 먹을 때마다 식판 사진을 찍기 시작한 건 그 때문이다. 밥은 매일 먹고, 나는 구내식당에서 밥을 제일 자주 먹는다. 게다가 구내식당 메뉴는 매일 바뀌므로 매번 다른 사진을 찍을 수 있다! 식사 전 음식 사진 찍는 사람을 이해 못하던 나는 언젠가부터 식사 전에 누구보다 열심히 사진을 찍는 사람이 되어 있었다.

나의 구내식당 사진은 예쁘지도 감성적이지도 않았다. 그저 식판 위에 밥과 국 반찬, 수저가 올라간, 그야말로 '발로 찍은' 사진이었다. 미학적 아름다움이라곤 전혀 없었지만 나는 개의치 않았다. 앞서 말했듯 사진은 글을 쓰기 위한 도구일 뿐이니까. 사실 매일 반복적으로 하는 일을 담은 사진이 필요했다면 출퇴근길 풍경을 찍을 수도 있었겠지만, 굳이 식판 사진을 찍어 올린 데는 친구의 말이 영향을 끼쳤다.

"음식 사진이 가장 중립적이야."

해외 유학 중이던 그는 SNS에 음식 사진을 열심히 올리곤 했는데, 당시만 해도 그 행위를 이해할 수 없었던 내가 이유를 묻자 "어떤 이미지나 글은 타인에게 상처를 주기도 하더라. 그렇지만 음식 사진은 그럴 위험이 적어. 가장 중립적인 이미지인 것 같아."라는 답이 돌아왔다. 친구가 SNS에 가장 자주 찍어 올린 음식은 본인이 만든 집밥이었다.

미슐랭 식당의 코스 요리라든가 값비싼 와인 사진은 누군가에게 상대적 박탈감을 줄 수 있을 것이다. 그렇지만 구내식당 음식 사진은 달랐다. 집밥과 비슷하게 일상의 냄새가 났고, 누군가에게 거부감을 줄 염려가 그다지 없었다. 그래서 이른바 '짤방'으로 구내식당 식판 사진을 택했다.

매일 사진을 올렸지만 솔직히 사진엔 아무도 관심 없을 줄 알았다. 독자들은 오직 내 글에만 관심을 가지리라 생각했다. 그런데 착각이었다. 사람들은 의외로 남이 매일 뭐 먹는가에 관심이 많았다. 이벤트로서의 화려한 식사가 아니라 평범한 식사에 더. 급기야 '구내식당'을 주제로 책을 쓰자는 제안까지 들어왔다. (네, 이 책이 바로 그 책 맞습니다.) 이건 내가 의도한 것도 예상한 것도 아닌데….

　요리도 못(안) 하고, 미식(美食) 취미도 없고, 절대 미각을 가진 것도 아닌 내가 음식 관련 시리즈 중 한 권을 쓰게 된 건 그러니까, 모두 인스타그램 때문이다. 인생이란 원래 의도한 대로 되지 않고, 기회란 전혀 예상치 않은 곳에서 주어지는 것인지도 모른다.

　책 쓴다고 끙끙대는 나를 본 엄마가 말했다. "요리하는 것도 싫어하면서 음식 관련 책을 쓸 수 있어? 난 대체 네가 뭘 쓴다는 건지 모르겠다." 나는 이렇게 답했다. "응 바로 그거야. 내가 얼마나 요리하는 걸 싫어하는지에 대한 이야기를 쓰고 있어." 그러니까, 이 책은 '내가 좋아하는 것을 함께 좋아하고 싶은 마음'이라는 띵 시리즈의 캐치프레이즈와는 조금 어긋난 책인 것 같다. 그렇지만 '식탁 위에서 만나는 나만의 작은 세상'이라는 또 다른 캐치프레이즈에는 들어맞는 책일 수도 있을 것 같다.

　구내식당이라는 소재를 통해 누구나 겪는 밥벌이의 기쁨과 슬픔, 웃음과 눈물을 담아보고자 했다.

나의 이야기지만 곧 당신의 이야기, 나아가 우리 모두의 이야기가 될 수 있으리라 믿는다. 매번 늦어지는 원고를 끈기 있게 기다려주시고 첫 독자가 되어주신 김지향 세미콜론 편집장에게 가장 먼저 감사의 인사를 전하고 싶다. 언제나 격려를 아끼지 않는 친구들, 그리고 말 그대로 '먹여주시고 길러주신' 부모님이 이 책을 쓰는 데 큰 힘이 되었다.

그러나 무엇보다도, 이 책을 있게 한 가장 큰 공은 모든 이야기의 시작과 끝, 영감의 원천이었던, 회사에 돌리고 싶다. 직장인으로서 나를 키운 것은, 팔할이 구내식당 밥이다.

식판과 정체성

칭찬에 고픈 신입사원이었다, 나는. 언론사 시험에 여러 번 낙방을 거듭한 끝에 간신히 취업 재수를 면하고 기자가 되었는데, 사회생활은 생각과 달리 녹록지 않았다. 초·중·고는 물론이고 대학생활을 통틀어 선생님에게 칭찬만 받던 우등생이었지만 직장인이 되고 나자 더 이상 칭찬이란 없었다.

"너는 기사가 뭔지 모르는 것 같다."는 지적.

"이것밖에 못하냐."는 질책.

"넌 대체 잘하는 게 뭐냐."는 비난….

시간이 흐르면 흐를수록 자신감이 생기는 게 아니라, 시간이 흐르면 흐를수록 자존감이 꺾였다. 출근할 때마다 움츠러들었다. 점점 작아졌고, 어느 순간 '나'라는 존재가 소멸되기 직전에 이르렀다.

'칭찬이란 우위에 있는 자가 상대를 조종하기 위해 쓰는 수단'이라 정의한 심리학자 알프레드 아들러의 이론을 그 당시 알았더라면 마음가짐이 좀 달라질 수도 있었겠지만, 아쉽게도 아들러 심리학에 기반한 기시미 이치로의 『미움받을 용기』가 히트하기 한참 전이었다. 나는 여전히 프로이드의 자장(磁場) 안에 있었다. "네가 과연 좋은 기자가 될 수 있을

지 모르겠다."는 선배의 평가가 트라우마가 되어 내 발목을 잡았다. (돌이켜보면 당시 그렇게 말한 선배도 기껏해야 5년 차 정도였네. 대체 5년 차가 뭘 안다고!) 글쓰기 하나는 자신이 있었는데, 그래서 기자가 되었는데, 기사를 써서 한 번도 인정받지 못하니 조급함이 커져갔다.

그러다 어느 날엔 조급함마저 사라졌다. 나 자신이 열등생이라는 사실을 받아들이고 포기하게 되었던 것이다. 선배들이 "너희 기수에서는 ○○가 에이스."이니 어쩌니 말하는 걸 들어도 더 이상 자존심이 상하지 않았다. 그 '에이스'는 당연히 내가 아니었다. 나일 수가 없었다.

수습기자 생활 6개월이 그렇게 흘렀다. 경찰서에서 숙식하며 각종 사건·사고를 취재하는 일이 마무리되고 정식 기자가 되어 부서 배치를 받았다. 수습 때 일을 잘한다고 평가받은 기자들은 보통 사회부에 남는다. 그들을 데리고 일해봤던 사회부 기자들이 놓치기 싫어하기 때문이다. 뭘 해도 빛나던 동기들은 사회부에 남았지만 나는 디지털 뉴스를 강화하겠다는 취지로 당시 설립된 신생 부서 '인터넷뉴

스부'에 배치되었다. 서울 시내 각 경찰서 기자실로 출근하던 수습기자 시절과는 달리, 매일 회사 사무실로 출근하는 내근직이었다.

구내식당과의 기나긴 인연이 그때부터 시작되었다. 지방 출신 자취생에게 점심과 저녁을 한곳에서, 그것도 무료로 해결할 수 있는 구내식당은 자그마한 구원과도 같았다. 그렇지만 그 구원은 썩 세련되지도, 썩 깔끔하지도, 썩 산뜻하지도 않았다. 그냥… '구내식당'이었다.

지금은 외부 업체에 위탁하고 있지만 내가 신입사원이었던 20여 년 전 우리 회사 구내식당은 본사 직영 시스템으로 운영되었다. 맛은 그때가 지금보다 더 나았다는 평가가 있는데, 문제는 '스타일'이었다. 우그러진 양철 식판에 밥이며 국, 반찬을 국자로 툭툭 담아줬다. 아무리 맛있는 음식이 나오더라도 양철 식판에 담겨 있으니 맛이 있어 보일 리가 없었다. 밥을 다 먹고 나면 남은 음식을 식판 한가운데 그러모아 잔반통에 버렸다. 그 식판을 세척해 다시 밥을 먹었다.

대학 시절 학생식당에서도 밥, 국, 반찬을 각각의 그릇에 담아 쟁반에 놓아주었는데, 사회인이 되어서 식판 신세라니 충격이었다. 남자 선배들은 좀처럼 구내식당에 나타나지 않았다. 군대에서 짬밥먹던 유쾌하지 않은 추억이 떠올라서라고 했다.

* * *

대체 왜 그런 글을 쓰게 되었을까, 아무리 생각해도 이유가 떠오르지 않는다. 당시의 나는 투사도아니었고, 정의감 넘치는 언론인도 아니었는데…. 그저 하루하루 근근이 먹고살기에 바쁜 소시민이었을 뿐인데…. 아니, 소시민이기 때문이었을까? 갑자기 구내식당의 '식판'을 비판하는 칼럼을 노보(勞報)에 쓰게 된 것은?

노조의 청탁이었는지 자발적인 것이었는지조차 생각나지 않지만 20여 년 전의 신입사원 곽아람은 어느 날 노조에서 매주 발행하는 노보에 '구내식당 식판 좀 바꿔주세요.'라는 요지의 생활형 칼럼을기고하게 된다. 세세한 내용은 기억나지 않지만 '보기 좋은 떡이 먹기도 좋다.'라는 속담을 인용한 것만은 기억난다. 식사를 식판에 담지 말고 그릇에 담아서 달라는 것이 그 글의 요지였다. 내가 졸업한 대학 학생식당의 사례를 들어 논지를 강화했던 것 같기도 하다.

공들여 쓴 칼럼도 아니었고, 크게 의미를 부여한 글도 아니었다. 회사에 뭔가를 시정해 달라고 요구하는 사소한 민원성 글이었을 뿐이다. 그런데 회사 간부 한 분이 전화를 걸어왔다. 우리 회사의 대표적인 논객 중 한 명으로 꼽히는 그는 진중한 목소리로 "당신이 곽아람인가? 노보에 쓴 그 식판 글 잘 봤어. 아주 잘 썼더라."라며 폭풍 칭찬을 늘어놓았다. 아…? 네…? 전화를 끊고 나자 기쁘다기보다는 어안이 벙벙했다. 쓸데없는 것 가지고 회사에 징징댄다고 야단맞을 줄 알았는데, 칭찬이라니. 그러고 보니 나, 입사해서 처음으로 칭찬받았네?

우그러진 양철 식판은 이후 회사가 식당을 외부에 위탁하면서 자연스레 역사의 뒤안길로 사라졌다. 요즘은 심지어 짜장면이 나오는 날엔 중화풍 식기가, 볶음 요리가 나오는 날엔 프라이팬 형태 그릇이 등장할 정도로까지 진일보했다. 양철 식판의 퇴장에 나의 '식판 칼럼'이 조금이나마 기여했을까? 잘 모르겠지만 그랬으리라 믿고 싶다.

'식판 칼럼'으로 칭찬받았다고 해서 나의 회사 생활에 변화가 있었던 건 아니다. 나는 여전히 열등생이었다. 다만 자존감에는 희미한 변화가 있었다. 비록 기사의 형태는 아니었더라도, 어떤 글은 설득력 있게 쓸 수 있다는 자신감이 생겼다. 기사가 내가 쓸 수 있는 글의 전부는 아니라는 생각, 회사가 내 인생의 모든 것은 아니라는 인식이 어쩌면 거기에서부터 싹텄는지도 모르겠다.

나는 남들과 조금 다른 길을 가자고 결심했다. 마냥 기자만이 아닌 글쟁이의 길을. 주중엔 기사를 쓰고 주말엔 책을 쓰는 현재의 내 정체성은 어쩌면 그 시절, 구내식당 식판에서 움튼 것인지도 모른다.

수요와 공급, 그리고 가성비

취재를 마치고 사무실로 돌아오는 길. 광화문에 도착하자마자 있는 힘껏 구내식당을 향해 달려갔다. 저녁 6시 50분. 메뉴 두 개 중 인기 있는 하나는 품절 됐을 가능성이 큰 시간. 방어 데리야키와 수제비 조합의 메뉴가 품절될까 봐 마음 졸였는데, 예상과 달리 품절된 건 맞은편 코너의 들기름 산채비빔밥이었다. 방어 데리야키는 들기름 산채비빔밥이 품절된 다음에도 여전히 인기가 없었다. 재료 소진으로 들기름 산채비빔밥 대신 김치볶음밥을 내놓는다는 공지 앞에 식판을 든 사람들이 긴 줄을 서 있었다.

대체 왜? 한산한 방어 데리야키 코너에서 느긋하게 음식을 받아들고 자리에 앉으면서 들기름 산채비빔밥과 김치볶음밥이 방어 데리야키를 이긴 이유를 생각해보았다. 방어가 비빔밥보다 더 비싸고 귀한 음식 아닌가? 그런데 왜 다들 비빔밥을 먹겠다는 거지? 비빔밥과 함께 나오는 새우가스 때문인 건가? 아무리 생각해보아도 이유를 알 수 없었다.

우리 구내식당의 두 코너 중 한 코너는 보통 일찍 품절되고, 나머지 한 코너는 식당 문 닫을 시간까지 배식을 계속한다. 두 코너 다 재료가 소진돼 밥을 주지 않는 경우는 입사 후 20여 년간 보지 못했다. 일찍 품절되는 쪽이 당연히 인기 있는 쪽인데 보통 정통 한식보다는 비빔밥이라든가 김밥이라든가 라면이라든가 하는 분식집 메뉴가 일찍 사라진다.

외부에서 식사를 한다면 굳이 분식집을 찾아가는 사람들이 많지 않을 것 같은데 왜 구내식당에서만 멀쩡한 밥을 놓아두고 분식을 먹는 걸까? 라면 코너 앞에 길게 늘어선 사람들을 보며 여러 번 생각해보았지만 끝내 답을 알 수 없었다. 막상 이들을 붙들고 밖에 나가 식사하자고 권하면서 "우리 점심으로 라면이니 흰 그릇 믹을ㅆ?" 하면 "라면이 간식이지, 식사가 되냐?" 하면서 그다지 좋아하지 않을 것 같은데. 회사 밖이 아닌 회사 안 공간에서는 변칙을 추구하고 싶은 걸까? 어쨌든 구내식당의 수요와 공급 법칙은 식당 밖 자본주의 사회와는 거리가 멀다.

구내식당 메뉴 중 특히 놓치고 싶지 않은 것들이 몇 가지 있다. 갈치구이와 미역국, 함박 스테이크, 옛날 돈가스. 이 세 메뉴가 나오는 날은 어떻게 해서든 구내식당에서 밥을 먹으려 애쓴다. 광화문의 웬만한 식당에서 2만 원 가까이 주고 먹어야 하는 식사보다 이 셋이 훨씬 맛있기 때문이다. 물론 함박 스테이크 대 함박 스테이크로 비교하자면 구내식당 버전보다 외부 식당 버전이 훨씬 고급이다. 재료도 풍성하고 맛도 혀에 감긴다. 돈가스 대 돈가스로 비교해도 구내식당에서 내주는 것보다 외부 식당에서 파는 것이 훨씬 낫다.

그렇지만 품질이 전부는 아니다. 인간은 복잡미묘한 존재라 '가성비'를 따지게 되어 있다. 직원들에게 구내식당 음식값을 받는 회사도 있다던데 먹는 것엔 인색하지 않은 우리 회사 구내식당은 무료다. 함박 스테이크라든가 돈가스 같은 소위 '칼질'하는 경양식 메뉴를 구내식당에서 만나게 되면 꽤나 수지 맞은 것 같은 느낌이 드는 건 그 때문이다. 나만 그렇게 생각하는 건 아닌 모양. 함박 스테이크나 돈가스가 나오는 날엔 잽싸게 식당으로 달려가야 한다. 간발의 차이로 메뉴가 품절되는 사태를 겪고 어쩔 수 없이 내키지 않는 맞은편 메뉴를 향해 발길을 돌리지 않으려면.

그렇다면 갈치구이와 미역국은 왜 놓치고 싶지 않은가. 대세와 관계없이 내가 좋아하는 음식이기도 하고, 건강을 위해 의식적으로라도 생선을 먹어야 한다고 생각하기 때문이기도 하다. 집에서 생선을 구워 먹자니 냄새 등 여러 가지를 감수해야 하므로 쉽지 않다. 혼자 먹자고 생선 한 마리를 통으로 구우면 결국 남겨서 버리게 된다. 그래서 구내식당에 생선 메뉴가 나오는 날엔 웬만하면 놓치지 않으려 노력하는 편. 육식으로 치우친 내 입맛을 '어른답게' 교정하려는 시도이기도 하다.

입맛이란 성별과 연령을 나는 법. 함박 스테이크와 돈가스가 구내식당 인기메뉴인 건 분명하지만, 모두가 열광하는 메뉴는 또 아니다. 내 또래 여성들, 혹은 나보다 젊은 여성들이 환호하는 함박과 돈가스에 중년 남성들은 웬만해선 흔들리지 않는다. 그들이 선호하는 건 얼큰한 국물인 모양으로, 남자 선배와 함께 구내식당에 가서 같은 메뉴를 고른 적은 손에 꼽을 정도로 드물다.

좀처럼 구내식당에 가지 않는 동료들도 있다.

급히 취재를 가야 해서 바빠 한 끼를 때워야 할 때는 예외지만, 좀처럼 식판을 들지 않는 사람들. 그 이유도 다양하다.

"군대에서 먹던 짬밥 생각나서 싫어."

"구내식당 밥은 금방 배가 꺼져."

"밥까지 회사 안에서 먹고 싶지 않아."

"구내식당에서 밥 먹으면 기분이 구질구질해."

그들의 눈엔 구내식당을 몹시 사랑하여 매일 구내식당 메뉴를 검색하고 뭘 먹을지 고민하는 내가 이상해 보이려나?

그나저나 내일 점심엔 뭘 먹을까? 매주 화요일이면 나오는 짜장면? 아니면 순대국밥? 저녁 메뉴는 닭볶음탕과 에비동 중에서 골라야겠네! 어차피 다 아는 맛. 그래도 조금 더 내 입맛에 맞고, 조금 더 대접받는 것 같고, 조금 더 회사생활의 고단함을 잊게 해주는 메뉴가 무엇인지, 일주일치 식단표를 보며 궁리하는 순간만은 담백한 행복감이 찾아온다. 이런 것이 직장생활의 몇 안 되는 소소한 재미 중 하나 아니겠는가.

입사 동기라는 가늠자

K는 성큼성큼 걸어오더니 내게 손을 내밀며 사원증을 좀 빌려 달라고 했다. 조금의 거리낌 없이 아주 당당하게. 구내식당에 앉아 저녁을 먹다가 느닷없이 그의 '요청'을 받은 나는 순간 어리둥절해져서 물었다.

"왜요?"

"나 밥 먹으려고 하는데 사원증 식권 기능이 안 돼서. 아람 씨 것 좀."

"하루에 두 번밖에 못 쓰는 거 아니에요? 나 점심도 구내식당서 먹어서 이미 두 번 다 썼는데. 추가로 안 찍힐 건데."

"아니야. 찍고 추가 버튼 누르면 돼."

"안 될 텐데…. 일단 갖고 가봐요."

휴대전화 케이스에 끼워놓았던 사원증을 꺼내주자 그는 다시 저벅저벅 배식대로 걸어가더니 이내 실망한 표정으로 되돌아왔다.

"안 되네."

"그러니까. 하루에 두 번밖에 안 된다니까. 가만있자. 찾아보면 사원증 빌려줄 사람이 어디 있을 텐데."

그는 주위를 둘러보는 나를 만류하며 "괜찮아. 내가 알아서 할게." 하더니 시야에서 사라졌다.

회사원의 '밥줄'인 사원증을 거리낌 없이 빌려 달라고 하는 그는, 사원증에 붙어 있는 나의 만 23세 때 입사 원서 사진의 실물을 직접 본 적이 있는 사람이다. 후배들이 "우와. 이 사람이 정말 선배예요? 진짜 앳되네요."라고 하면 "곽아람에게도 이런 때가 있었단다."라고 증언해줄 수 있는 사람이기도 하다. 그리고 나는 그가 입사지원서에 주량을 '소주 다섯 병'이라고 적어 면접관들을 갸우뚱하게 만들었다는 사실을 알고 있다. (물론 당시 그가 밝힌 수량은 사실이 아니었다.) 그는 나의 입사 동기. 나와 함께 이 회사에 들어와 20년 넘게 한솥밥을 먹고 있다.

열두 명의 청년이 있었다, 그 겨울에. 2003년 1월 우리 회사에선 모두 열두 명의 수습기자를 뽑았다. 신문사는 보통 매년 열 명 내외의 수습기자를 뽑기 때문에, 열두 명이면 상당히 많은 축에 속한다. 우리 기수는 특히 화제가 되었는데 한국 언론사 최초로 수습기자 중 절반을 여성으로 뽑았기 때문이다. 지금 기준으로는 이해가 잘 되지 않겠지만, 그때만 해도 '여기자'란 국수 위에 올린 고명 같은 존재였다. 전체 인원 중 한 명 아니면 많아야 두 명. 기자는 체력적으로 힘들고, 남성의 일이라는 고정관념이 강했다.

그래서 보수언론의 대표 격인 우리 회사가 수습기자 중 절반을 여성으로 뽑았다는 사실은 인구에 회자되었다. 《여성신문》 기자가 찾아와 우리 기수의 여자 여섯 명을 인터뷰할 정도였다. 그 때문일까. 나와 다른 여자 동기들은 입사 초기, 뭘 하든 주목의 대상이 되었다. 태도, 말투, 옷차림, 그리고 그 외의 수많은 것이.

우리는 수습기자가 감히 캡(사회부 경찰기동팀 팀장) 앞에서 목젖을 보이고 웃는다고 타박받았다. 패셔너블하여 항상 메이크업, 네일 등이 흠잡을 데 없는 모습으로 출근하던 B는 남자 선배들로부터 "눈코 뜰 새 없이 바쁜 수습기자가 화장이나 하고 다닌다."는 지적을 받았다. 여자 동기 한 명이 국회에 반바지를 입고 취재 갔다는 이유로 전 편집국이 떠들썩해진 일도 있었다. (치마바지 스타일로 무릎을 덮는 아주 얌전한 옷이었다.) 사무실로 출근한 것도 아니고 주말에 팀 단합대회차 등산을 가는데 엉덩이에 커다랗게 'PINK'라는 글씨가 적혀 있는 트레이닝복 팬츠를 입었다고 "민망하다."며 야단맞은 동기도, 파마를 하고 왔다가 여자 선배로부터 그렇게 꾸미고 다니면 평판에 좋지 않다는 한마디를 듣고 다시 미용실로 달려가 풀고 온 동기도 있었다. 그러니까, 이십대 여성다운 우리의 발랄함은 편집국 차원에서 경계해야 할 대상이었던 모양이다. 그러건 말건 우리는 씩씩했지만….

남자 동기들은 우리를 어려워했던 것 같다. 군복무를 마치고 온 남자들이 대부분의 여자들보다 나이가 많았지만, 우리는 그들을 '오빠'라고 부르지 않았다. 그 단어엔 여성이 자신을 스스로 어린 존재로 칭하며 나이 많은 남성에게 관용을 청하는 뉘앙스가 있기 때문에, 직장에서 사용하는 프로페셔널한 호칭은 아니라고 무의식적으로 생각했는지도 모른다. 여자들끼리는 말을 놓고 서로 이름을 부르거나 '언니'라 했고, 남자들끼리도 말을 놓고 서로 이름을 부르거나 '형'이라 했지만 다른 성별 간에는 이름 뒤에 '씨'를 붙이고 깍듯이 존댓말을 하며 조선시대 사람들처럼 내외를 했다.

그렇게 다른 성별 간 예의를 차리며 거리를 두는 것이 직장인의 품격이라고 나름 생각했는데, 알고 보니 기수마다 문화가 다른 거였다. 여자 후배 중 한 명이 네댓 살 많은 남자 동기에게 이름을 막 부르며 "야! 양배추머리!"라고 하는 걸 듣고 화들짝 놀란 적이 있다. 그 기수는 나이 상관없이 동기들끼리는 너나들이를 한다고 했다. 얼마 전 여자 후배 한 명이 전화를 받으며 다정하게 "오빠~" 하길래 "남편이야?" 물었더니 "아니요. ○○예요."라며 그의 입사 동기 이름을 댔다.

그렇지만 우리 동기들은 아직도 다른 성별 간에 깍듯하다. 사람과 사람 간엔 궁합이라는 게 있기 때문에 입사 동기라고 해서 모두 다 가까울 수는 없다. 평생을 함께할 친구가 된 사람도 있고, 어느 순간 어색하게 멀어진 사람도 있다. 회사를 떠났지만 연락을 이어가는 사람도 있는 반면, 회사를 그만둔 후엔 아예 소식을 끊은 이들도 있다. 그간 열두 명 중 다

섯 명이 이러저러한 일로 회사를 그만뒀다. 남은 우
리는 여섯 명. 여자 셋과 남자 셋. 선후배들 중에선
정기적으로 동기 모임을 하는 기수들도 있던데, 우
리는 딱히 한자리에 모이는 일 없이 서로에게 무심
한 편이다.

그렇지만, 그렇게 무덤덤하다가도, 야근하다 저
멀리 편집국 어딘가에서 익숙한 그림자가 나타나면
본능적으로 반가운 마음이 먼저 치고 올라온다. 이
어 나 못지않게 희끗해진 그의 머리카락을 보면 안
쓰러워진다. 녹빈홍안(綠鬢紅顔)의 청년일 때 만나
머리에 서리기 내릴 때까지 함께 같은 밥벌이의 굴
레에 묶여 있다는 약간의 서글픔. 가벼운 농담과 한
탄, 일상의 안부를 주고받으며 스쳐 지나가고, 다음
날 또 마주치면 다시 비슷한 농담과 한탄, 안부를 주
고받는다.

나와 같은 속도로 사회적 나이를 먹은 사람들.
그들의 얼굴에서 이 직장에서 보낸 세월을 감지하
고, 그들의 얼굴에서 신입사원 때의 나를 추억하며,
그들의 얼굴에서 어느새 고참 기자가 된 나의 현재

를 읽는다. 사회인으로서 연령의 거울이면서 가늠자 같은 존재, 그게 바로 입사 동기다.

매일 한 발짝씩 더

A 선배를 떠올리면 항상 구내식당이 생각난다. 사내 부부였던 그는 "선배랑 B 선배는 어떻게 결혼하셨어요?"라는 나의 질문에 이렇게 답했다. "내가 구내식당에서 밥 먹고 있는 거 보고, 우리 남편이 나 찍었다잖아. 그렇게 해서 사귀게 되었어." 우아하고 고요한 고급 레스토랑이 아니라 도떼기시장처럼 복잡하고 시끄러운 구내식당에서 로맨스가 싹틀 수 있다니! 갑자기 구내식당이 달리 보이기 시작했다. 하긴, 연애든 뭐든 우리 삶의 모든 일은 결국 시쳇말로 '될놈될 안될안'인 것이다. 될 사람은 구내식당에서 식판 놓고 있어도 누군가에게 고백받고, 안 될 사람은 미슐랭 레스토랑에서 와인 마시고 있어도 아무도 거들떠보지 않는다.

　　구내식당에서 남편감을 만난 A 선배는 내 회사 생활을 지배하는 결정적인 한마디를 해준 사람이기도 했다. 오래전 이직하면서 그는 내게 이런 말을 남겼다.

　　"아람아, 회사의 계획에 네 계획을 맞추지 마."

　　회사가 네게 어떤 역할을 맡기고 어떤 직급을 부여하느냐에만 갇혀 있지 말라고, 그것이 너 자신을 규정해서는 안 된다고, 보다 주체적으로 삶을 꾸려나가야 한다는 이야기였다. 기껏해야 이십대 후반 아니면 삼십대 초반이었을 그가, 어떻게 그런 삶의 지혜를 체득하게 되었는지 돌이켜보면 놀랍지만, 어쨌든 선배의 그 말은 한동안 내 회사생활의 모토가 되었다.

내가 직장에서 능력을 인정받는 소위 '에이스'였다면 아마도 스스로에게 만족하며 회사의 계획에 내 인생의 계획을 맞추려 했을 것이다. 그렇지만 나는 그렇지 못했다. 입사해서 근 7년간 평범하다 못해 열등할 정도로 한직으로만 나돌던 내게 회사는 계획 따위를 가지고 있지 않은 것 같았고, 따라서 내가 회사의 계획에 맞출 이유도 없었다. 나는 입사 초기부터 생각했다. 회사를 그만두더라도, 내가 이 회사의 구성원이 아니더라도, 내 발로 서서 밥벌이를 할 수 있도록 나만의 콘텐츠, 나만의 브랜드를 가져야 한다고.

직장생활을 하면서 대학원에 진학하고, 석사 학위를 따고, (학위는 못 받았지만) 박사 과정을 밟고, 꾸준히 책을 쓴 것은 그래서였다. 선배의 한마디 때문에, 나만의 계획을 가지기 위해서. 물론 회사가 시켜서 시작한 블로그 내용이 재미있다며 출판사에서 책을 내자는 제의가 와 에세이스트로 데뷔했기 때문에, 나는 결국 회사의 '큰 그림' 안에서 움직였고 회사는 나에 대해서도 다 계획이 있었던 건지도 모르겠지만…. 어쨌든 나는 선배의 말을 금과옥조로 삼았다.

몇 달 전 A 선배를 만났다. 우리 회사 출신으로 글로벌 헬스케어 기업 임원으로 일하고 있던 C 선배의 출판 기념회 자리에서였다. C 선배가 낸 책의 주제는 '글로벌 헬스케어 기업에서 일한다는 것'. 저자 북토크가 끝난 후 청중의 질의응답이 이어졌는데 A 선배가 불쑥 손을 들고 말했다.

"제가 선배와 같은 회사에 다닐 때, 여기 있는 곽아람 기자와 함께 선배 댁에 초대받아 간 적이 있었어요. 그때 제가 앞으로 뭘 하고 싶은지 모르겠어서 막막하다고 하자 선배가 말씀하셨어요. 네가 지금 누구를 가장 부러워하는지 생각해보라고. 선배는 지금 누구를 가장 부러워하시나요?"

아. 그런 시각으로 삶을 바라볼 수도 있구나. 부러운 사람에게 자신의 욕망을 투영해볼 수도 있겠구나. 감탄하는 동시에 당시 그 자리에 함께 있었다는 나는 왜 그 말을 기억하지 못하는 건가 의아했다. A 선배의 그 질문에 C 선배는 이렇게 답했다. "계속해서 책을 쓰는 사람이 부럽습니다." 그가 눈코 뜰 새 없이 바쁜 글로벌 회사 임원으로 일하면서도, 시간을 쪼개 글을 쓰고 자신의 이야기를 책으로 낼 수 있었던 원동력은 '부러움'이었던 것이다.

항상 다정한 C 선배 역시 내게 삶의 모토가 될 만한 말을 여러 가지 해주었다. 그중 가장 기억에 남는 건 회사 내 인간관계에 지쳐 울먹이며 연락했을 때 들은 충고다.

"아람아, 너를 사랑하지 않는 사람들이 스쳐 지나가며 던지는 말에 상처받지 마."

그러게, 그들은 내 인생을 스쳐 지나갈 뿐인 사람들. 회사를 그만두면 다시 연락하지 않을 사람들. 그런 사람들에게 내 인생의 키를 쥐여줄 수는 없지. 나는 그 말에 힘입어 눈물을 닦고 일어설 수 있었다.

직장이란 참 기이한 곳이다. 우리는 직장 동료들과 가족보다 더 오랜 시간을 공유하지만, 웬만해서는 가족보다 더 친해질 수 없다. 그중 친구가 될 수 있는 사람이 간혹 있긴 하지만 극소수에 불과할 뿐이다. 직장 동료란 결국 일이라는 것을 매개로 삶의 어느 순간에 같은 곳에 있게 된 사람들. 너무 가까워도 너무 멀어도 일의 어떤 부분이 삐걱거릴 수밖에 없기 때문에 적당한 거리를 유지하는 것이 무엇보다도 중요한 관계.

그렇지만 인간과 인간이 만나면 서로에게 흔적을 남길 수밖에 없어서, 그들이 별 생각 없이 무심히 던진 말에 깊이 상처받고, 그들이 애정 어린 마음으로 건넨 말에 크나큰 위로를 받는다. 그리고 어떤 선배들은 직장생활뿐 아니라 삶의 멘토가 되어주기도 한다. 신기한 것은 내게 멘토가 되어주는 선배들에겐 대부분 그들의 멘토가 되어준 또 다른 사람이 있었다는 점이다. 외할머니에게서 어머니에게로, 그리고 딸에게로 전승되는 그 어떤 것처럼 '멘토력'이라는 것도 물려주고 물려받는 것인가, 나는 종종 생각한다.

C 선배의 책에는 이런 이야기가 나온다. 13년 기자생활을 마치고 글로벌 제약 회사로 이직해 17년째 일하고 있을 때 "솔직히 헬스케어 분야에서 이렇게 오래 일하게 될 줄은 몰랐다."고 했더니 친한 선배가 이렇게 말했다고. "도덕적 자신감을 주는 일이잖아. 너 기자 일 할 때도 그렇지 않았니?"

　　나는 '도덕적 자신감'이라는 말에 밑줄을 쳤다. 내가 왜 갖은 간난신고(艱難辛苦)를 겪으면서도 20년 넘게 이 일을 하는가에 대한 또 하나의 답을 찾은 것 같았다. 글 한 줄을 쓰더라도 옳음과 옳지 않음을 생각해야 하는 일이라서, 사회 정의에 어긋나는 것은 바로잡아야 한다는 믿음과 바로잡을 수 있다는 확신을 주는 일이기 때문에, 그래서 이 직업을 버텨낼 수 있었구나.

　　C 선배의 책에 나오는 '친한 선배'가 누구인지 저자에게 물어보지 않고도 나는 알 수 있었다. 멘토의 계보에서 C 선배가 나의 엄마뻘이라면, C 선배의 멘토인 그를 나의 외할머니뻘이라고 생각한다. 기사를 쓸 때도, 취재를 할 때도, 그 '외할머니' 선배는 항상 내게 말했다.

"한 발짝만 더 가보자."

그 말이 등을 밀어 매일 한 발짝씩 더 앞으로, 지금 여기, 내가 있다. 때때로 멘토들의 말을 후배들에게 되돌려주고 싶다. '회사의 계획에 네 계획을 맞추지 마.' '스쳐 지나가는 사람들의 말에 상처받지 마.' '한 발짝만 더 가보자.'…. 잔소리처럼 들릴까 봐 대체로 말을 삼키지만, 그래도 누군가에게는 이 조언들을 물려줄 수 있으리라 믿는다.

새로운 세계의 문을 살짝 열고

경쾌한 목소리로 인사를 건네는 후배에게 "점심은 먹었냐?" 했더니 "구내식당에서 샐러드를 먹었다."라는 답이 돌아왔다. 구내식당 밥은 배가 안 찬다며 일부러 피하는 남자 동료들도 많은데 쇠도 씹어 먹을 나이라는 이십대 청년이 구내식당에서, 그것도 샐러드를 먹었다고? 이유가 있을 것 같아 "왜 샐러드 먹었어? 밥을 안 먹고?" 물어보았더니 이런 답. "어제 저녁에 술 마시면서 탄수화물을 많이 먹었거든요." 아, 웨이트 트레이닝 열심히 한다더니, 식단 관리하는구나! 그 의지가 존경스러웠다.

이론보다 현장이 중요한 신문사에서 선후배 사이는 일종의 도제 관계다. 아무리 어린 기자라도 후배가 생기면 그의 기사를 손봐서 품질을 향상시켜야 하는 책임을 갖는다. 팩트에 어긋남이 없는지 확인하는 것은 물론이고 문법에 맞지 않는 문장을 손보고, 오탈자 확인하는 일까지. 수습기자가 쓴 기사는 '1진'이라고 하는 그 위의 선배가 손을 보고, 팀장과 부장을 거쳐 완제품으로 출고된다. '1진'이 쓴 기사는 그 위의 선배와 팀장, 부장의 손을 거쳐 출고되고, 팀장이 쓴 기사는 부장이 손봐 출고하는, 피라미드형 시스템이라고나 할까. 신문 기사마다 적힌 기자 이름이 하나뿐이라 해도 대부분의 기사는 그런 식으로 여러 기자의 손을 거쳐 세상의 빛을 본다. 그것이 신문 기사의 제작 공정이다.

후배들의 기사를 보다 보면 '이런 면은 부족하니 고쳐야겠다.'는 아쉬움이 드는 경험과 '와, 정말 잘 쓰는데.' 감탄하게 되는 경험이 엇갈린다. 무엇이 기사가 되는가에 대한 판단과 어떤 사안에 관한 이야기를 기사처럼 보이도록 얽어내는 기술적인 면은 아무래도 신입이 숙련공을 따라가기 힘들다.

그렇지만 '글쓰기' 자체만 가지고 논하자면 이야기가 다르다. 글쓰기에서 주술관계를 명확히 하는 정도는 훈련의 영역일 수 있겠으나, 그를 뛰어넘는 경지는 재능의 영역이라 생각한다. 이를테면 별 것 아닌 문장으로 무심하게 사람의 마음을 울린다든가, 감각적이고 아름다운 언어를 구사한다든가, 머리카락 하나 비집고 들어갈 틈 없는 논리력을 발휘한다거나 하는. 재능이란 타고나는 것이라 연차와 상관없이 모두를 능가하는 빛나는 재능을 지닌 이들이 분명히 있다. 후배들의 글을 만지다가 그런 재능을 발견할 때면 '닮고 싶다.'는 경지를 넘어 '훔치고 싶다.'는 생각마저 드는 것이다.

　선배들의 글보다 후배들의 글에서 빛나는 부분이 더 잘 보인다. 선배들의 글은 부담 없이 읽지만, 후배들의 글은 내가 직접 손봐서 채워 넣어야 할 경우를 생각하며 비판적으로 읽게 되기 때문에, 모자라는 지점도 훌륭한 지점도 더 또렷해지는 것이다. 모자라는 건 후배니까 당연하다 생각하지만, 훌륭한 점에 눈이 갈 때면 그와 대비돼 내 결점이 흰옷의 얼룩처럼 더 크게 보인다. 경쟁사 기자라면 질투했겠지만 회사 후배, 특히나 팀원은 경우가 다르다. 그의 장점이 팀의 능력이자 무기가 되기 때문이다.

　한때 나의 팀원이었던 A는 원고지 2.5매 정도의 짧은 서평을 기가 막히게 잘 썼다. 원고지 5매 이상의 긴 리뷰를 잘 쓰기는 상대적으로 쉽다. 스토리 라인을 짜고, 거기에 맞는 내용들을 갖다놓으면 된다. 그렇지만 짧은 서평은 쉽지 않다. 긴 책의 핵심을 요약하면서, 독자들이 그 책을 읽고 싶도록 양념을 치고, 그저 요약에 지나지 않도록 기자의 생각이나 감정을 촌철살인으로 걸쳐야 한다. 그 어려운 일을 A는 매번 해냈다. 말도 많고 글도 길게 쓰는 내겐 참 힘들고 익숙해지지 않는 일이었는데 그는 항상 말했다. "선배, 2.5매 리뷰 쓰는 게 세상에서 제일 재밌어요. 요리조리 조합해서 만들어내는 게 얼마나 재미있는데요!" 그는 매번 마감 때마다 접신해야 글이 써진다며 신이 영감을 주길 기다리는 척하면서 너스레를 떨었는데, 그때마다 나는 그와 같은 교단의 신도가 되고 싶었다.

역시나 나의 팀원이었던 B는 혀를 내두를 정도로 전문(前文)을 잘 썼디. '진문'은 기획기사에서 기획의 의도를 밝히는 원고지 1~2매 정도의 짧은 글을 뜻한다. 내가 책임지고 있는 서평 지면에선 추석이나 설 같은 명절 특집, 성탄 특집, 연말 올해의 책 특집, 어린이날이나 어버이날 특집 등을 할 때 특히 전문의 역할이 중요하다. 외부 필자들에게 책 추천 원고를 받아 지면을 구성하는 경우가 많은데, 각양각색의 글이 하나로 수렴하도록 중심을 잡아주어야 하기 때문이다.

게다가 문화면 기사의 경우 전문은 어느 정도 아름다워야 한다. 시적이지는 않더라도 문화적인 향취를 풍기는, 딱딱하지 않으면서 재치 있는 글. 그모든 조건을 충족하는 1~2매를 쓰기는 쉽지 않은데 B는 그걸 해냈다. 오랫동안 공들여 생각하고 고민해 첫 문장을 쓰는 게 눈에 보였다. 기획기사가 나갈 때마다 "전문은 네가 써. 네가 잘하잖아!" 이렇게 말하는 나를 B는 '팀장 본인이 하기 귀찮은 일을 맡긴다.'고 생각했을지도 모르겠지만, 지면의 퀄리티를 높이기 위한 진심이 담긴 선택이었다.

직장에서의 인간관계란 보통 불가근불가원(不可近不可遠). 일을 하기 위해 만난 사이이니, 일에 방해되지 않도록, 너무 가깝지도 너무 멀지도 않게. 신문사에서도 마찬가지다. 다만 다른 직장과 단 하나 차이점이 있다면 구성원의 업무가 글쓰기라는 점이다. 신문사에서 관리자로서 조직원의 업무를 점검한다는 것은, 그들의 글을 들여다보는 일이다.

그리고 글에는 어쩔 수 없이 그 사람의 세계가 녹아 있다. 아, 이 사람 안에는 이런 세계가 있구나,

그의 세계는 이런 모양이구나…. 후배들의 기사를 매만질 때마다 새로운 세계의 문을 살짝 열고 들여다보는 것 같은 기분이 든다. 그 하나하나의 각기 다른 세계들이 지면 위에서 어우러지며 우리가 속한 거대한 세상을 만든다. 신문을 만드는 일이 세상을 짓는 일과도 비슷하다 생각하는 건 그런 경험의 결과물이다.

일기에 남기는 날

저녁을 먹으러 구내식당에 갔더니 한쪽 메뉴는 열무비빔밥, 또 다른 코너 메뉴는 치즈 떡볶이였다. 한식과 분식이 나오는 날엔 늘 고민에 빠진다. 분식이 별식이라 입맛이 당기지만, 건강을 생각하면 한식을 먹어야 할 것 같고….

그날도 마찬가지였다. 체중을 생각하면 상대적으로 칼로리가 낮은 비빔밥을 먹어야 하는데, 일상에서 조금이나마 벗어나고 싶어서인지 떡볶이도 먹고 싶은 것이다. '뭘 먹어야 하나.' 한참 고민하다가 '나, 오늘 점심 뭐 먹었지?' 하는 생각에 다다랐다. 점심과 겹치지 않는 메뉴, 맛도 영양소도 차별되는 메뉴를 택하는 것이 합리적인 선택이라는 생각이 들어서. 그런데 점심때 뭘 먹었는지 아무리 해도 생각이 나지 않았다.

요즘 왜 이러지? 이메일에 답장하려고 노트북을 켰다가 왜 켰는지 잊어버리고 다른 검색만 실컷 하다 끄기 일쑤고, 배민이나 쿠팡이츠에서 식사 주문하려고 휴대전화를 들었다가 이런저런 메시지에 답하느라 까맣게 잊어버리는 일이 비일비재. 고유명사가 생각나지 않아 대화가 끊긴 건 한두 번이 아니고…. 안 그래도 기억력이 현저히 떨어진 것 같아 걱정이 이만저만이 아닌데, 이제는 바로 몇 시간 전 뭘 먹었는지도 기억이 안 나다니…. 이러다 일찍 인지기능장애가 찾아오는 것인가 덜컥 두려워지던 찰나, 깨달았다.

점심으로 뭘 먹었는지 기억이 나지 않는 건 점심을 먹지 않았기 때문이라는 걸. 전날 당직하고 자정께 귀가, 당직 다음 날은 오후에 출근하므로 늦잠 자고 일어나 늦은 아침으로 동네 이웃이 준 앙버터와 우유를 먹고 출근했는데, 배가 고프지 않아 점심을 걸렀던 것이다.

그 깨달음과 함께 불현듯 머리를 스치는 생각. 아, 그럼 한 번의 기회가 더 남았잖아! 우리 회사 구내식당에선 하루에 두 번 사원증을 배식대 앞 단말기에 찍어 식사를 할 수 있다. 사원들이 점심과 저녁 두 끼를 모두 먹을 수 있도록 고안된 시스템일 텐데, 점심을 걸렀다고 해서 1회 식사권이 소멸되지는 않는다. 2회가 고스란히 남아 있으니 저녁때 두 번 사원증을 찍는 것이 가능하다! 그러면 두 메뉴를 다 먹을 수 있다!

그래서 천연덕스럽게 사원증을 두 번 찍고선 열무비빔밥과 치즈 떡볶이를 둘 다 받아왔다. (배식해 주시는 아주머니가 '왜 한 사람이 두 개나 먹어요?' 물어보실까 봐 살짝 긴장했지만 그런 일은 일어나지 않았다.) 식판 하나를 맞은편에 놓을까 고민하다가 옆자리까지 차지하고 두 식판을 나란히 놓았다. 한자리에 가만히 앉아 둘 다 먹자니 다른 한쪽 식판으로 팔 뻗기가 꽤나 불편하다. 식판과 식판 사이 가운데 자리에 앉아 보았는데 이건 왠지 양쪽 다 거리가 애매해. 그래서 좀 귀찮지만 몸을 움직여가며 먹기로 했다.

　　비빔밥 한 숟갈 퍼 먹고 엉덩이를 움찔 움직여 살짝 옆으로 가 떡볶이 먹고, 또다시 움직여 옆으로 가 비빔밥 먹고를 반복하고 있으니, 식사하러 온 선배가 내 맞은편에 식판을 놓고 앉았다.

　　"너 지금 대체 뭐 하는 거냐?"

　　"저 밥 먹는 건데요?"

　　"그런데 왜 식판이 두 개야?"

　　"비빔밥이랑 떡볶이 둘 다 먹고 싶어서 사원증 두 번 찍었어요!"

"야. 나 30년 가까이 회사 다니면서 구내식당에서 너처럼 먹는 사람 처음 봐. 다른 사람 식판 대신 받아놓은 건 줄 알았어."

아, 저처럼 먹는 사람 간혹 있지 말입니다….

선배와 시시콜콜한 잡담을 나누며 함께 식사를 했다. 물론 나는 계속 엉덩이를 움찔거리며 두 식판을 오고 갔지만, 혼자 먹을 때만큼 노골적으로 움직이지는 못해 살짝 불편했다. 그렇게 획득한 치즈 떡볶이는 생각만큼 맛이 없어 실망이었다. 무릇 떡볶이란 매콤달콤해야 제맛인데 치즈의 짠맛만 지나치게 강할 뿐 맛이 섬세하지 않았다.

그렇지만 궁금했던 두 메뉴를 다 맛보았으니 오늘 소기의 목적은 달성했다고 할 수 있지. 식판 두 개를 하나씩 차례차례 들어다 퇴식구에 가져다놓고, 디저트 코너로 가 커다란 양푼에 담겨 있는 레몬 주스를 국자로 그릇에 떠 입가심을 한 후, 아주 만족스럽게 배를 두드리며 사무실로 돌아왔다. (우리 회사 구내식당은 디저트로 주스가 나올 때면 항상 양푼에 가득 담아놓고 국자로 떠 마시도록 하는데, 거칠지만 다른 곳에서는 경험하지 못하는 재미있는 식사법(?)이라 생각하고 있다.)

구내식당에서 두 메뉴가 치열하게 경합해 고민에 고민을 거듭하며 선택하게 되는 날이 종종 있다. 둘 중 하나를 고르고 나서야 다른 메뉴가 더 맛있어 보여 후회하는 날도 있고, 내가 택한 메뉴가 역시 맛있다며 흡족해하는 날도 있으며, 오늘처럼 운 좋게 둘 다 맛보게 되는 날도 있다. 그 선택의 고민과 결과를 일기에 적는 날도 있고, 적지 않는 날도 있다. 일기에 기록하지 않는 날이 어떤 날인지는 너무나 다양해 한마디로 설명할 수 없다.

그렇지만 일기에 남기게 되는 날이 어떤 날인지만은 분명하다. 그날은 구내식당 메뉴 선택 말고는 별다른 고민이 없었던 평온한 날이라는 것. 종종 생각한다. 인생의 고민이 '구내식당 메뉴 중 뭘 고를까.' 정도밖에 없다면 얼마나 좋을까 하고.

회사의 녹을 먹는 사람

일을 좋아하냐는 물음에는 자신있게 "그렇다."고 답할 수 있지만, 회사를 좋아하느냐고 묻는다면 어쩔 수 없이 망설이게 된다. 이 직장을 다니기 때문에 이 일을 할 수 있는 건 맞지만, 그렇다고 해서 이 조직의 구조와 생리를 모두 좋아하는 건 아니기 때문에. 회사원이라는 개인에게 종종 고통을 가하는 건 일이라기보다 조직이다. '일이 아니라 사람 때문에 힘든 것'이라는 말이 정설처럼 되어 있지만 그 사람들도 결국 조직 안에서 일그러지고, 조직 안에서 욕망을 채우고자 하고, 조직의 부품이 되었기 때문에 타인에게 압박을 가하는 것이므로.

그 시스템을 이해한다. 그렇지만 저도 나도 같은 피고용인이면서 '짐이 곧 국가다.'가 아니라 '내가 곧 회사다.'라는 얼굴을 하고 동료들에게 가혹한 말을 내뱉는 사람들을 볼 때면, 특히 그가 한때 내가 신뢰하고 좋아했던 사람일 때면, 배신감과 실망감에 몸서리치게 된다.

그 가혹한 처사의 대상이 내가 되는 경우가 있다. 나이가 들고 직급이 올라가면서 가혹함의 강도는 점점 높아지고, 오래 인연을 맺은 직장인 만큼 내가 느끼는 배신감도 커져만 간다. 회사의 얼굴을 한 누군가로부터 가혹한 말을 듣고 버림받은 것 같은 느낌으로 울면서 퇴근하던 날, 회사에 속한 모든 것의 물성을 느끼고 싶지 않았다. 금방이라도 쓰러질 것처럼 허기가 졌지만 구내식당에 가지 않았다. 구내식당 밥을 생각만 해도 토할 것 같았다. 거의 매일 먹던 밥이, 나를 움직이는 에너지의 주된 동력이던 밥이, 결국 회사의 것이었음을 상기하게 되었을 때의 서늘한 감각. '밥'이라는 단어가 가져다주는 따스함은 온데간데없고 비정한 자본주의 세계의 민낯과 마주하게 된 것 같은 느낌. 맞아, 결국 이 밥은 공장의 기계를 돌리기 위한 연료 그 이상도 그 이하도 아니었지, 하는 깨달음.

자신이 곧 회사 그 자체인 양 가혹하게 구는 이들에 대해 사람들은 '회사에 대한 충성심을 증명하려 그렇게 했을 것'이라 추측한다. 그 '충성심'이라는 말이 나는 항상 낯설었다. 내게 애사심이 있나? 그렇다. 그렇다면 회사에 대한 충성심은? 글쎄…. 오래 다닌 직장이니 애정을 가지는 건 자연스러운 일이지만, 충성심이란 상하 관계에서 작용하는 것 아니던가.

20년 넘게 직장을 다니면서 회사와 내가 동등하지 않다고 생각해본 적이 없다. 회사와 나는 계약 관계이므로, 어느 한쪽이 충성하고 다른 한쪽은 시혜를 베푸는 관계가 아니라 서로에게 신의를 지켜야 하는 관계라고 늘 생각해왔다. 계약의 당사자는 민법의 이 규정을 따라야 한다. 제2조(신의성실) ①권리의 행사와 의무의 이행은 신의에 좇아 성실히 하여야 한다. ②권리는 남용하지 못한다.

누군가는 내게 부양가족이 없어서, 상대적으로 아쉬운 게 없으니 그런 마음가짐이 될 수 있는 거라고 말한다. 그렇지만 싱글이라 해서 다 회사와 자신의 관계를 나처럼 설정하는 건 아니다. 이는 어쩌면 내가 애초부터 회사에서 큰 기대를 받아본 적도, 회사에 대해 큰 기대를 가져본 적도 없기 때문에 가능한 일일지도 모른다. 욕망은 가능성이 있어야 싹튼다. 그저 평범한 평균의 직장인이었던 나는 항상 되도록 직장 내에서 욕망을 갖지 않는 쪽으로, 회사에 대한 마음은 최대한 가벼이 하는 쪽으로, 그래서 언젠가 배신당하더라도 상처받지 않는 쪽으로 대부분의 결정을 내려왔다.

일을 할 때도 마찬가지다. 성실히 일하는 것이 직장인의 윤리이니 그 윤리적 의무를 다하겠지만, 취재하고 기사 쓰는 일을 좋아하고 내가 쓴 기사에 대한 애정도 물론 있지만, 그 기사가 회사의 제품이라는 사실을 잊어본 적이 없다. 그 글은 내 것이 아니다. 그래서 공들여 쓴 문장이 잘려나가도, 데스크의 지시가 납득되지 않아도, 그다지 저항하지 않고 곧 수용해버렸다. 내 것이 아니니까. 회사의 제품이니까. 제품에 대한 권한은 회사에 있는 것이 당연하니까. 회사원으로시 조직과 불화하지 잃기 위한 타협이었다.

그렇지만, 모멸감의 측면에서는 회사와 나의 관계를 어떻게 설정해야 할 것인가. 월급쟁이에게 모멸감은 디폴트라지만, 그 모멸감의 강도를 어디까지 허용할 것인가. 구내식당만 떠올려도 구역질이 나오던 그날, 나의 질문은 온통 그것에 집중돼 있었다. 사표 낼 결심을 단단히 하고, "이제 회사와 헤어질 때가 온 것 같다."고 말하는 내게 동료들은 위로를 건네면서도 하나같이 건조하게 말했다.

"그렇다고 회사를 왜 그만둬. 회사란 원래 그래. 그럴수록 더 버티고 악착같이 다녀야지."

어쩌면 회사에 대해 기대하는 것이 없다고 생각했던 나야말로, 회사에 대해 지나치게 높은 기대를 갖고 있었는지도 모른다. 내가 회사에 신의를 지키면 회사 역시 내게 신의를 지킬 것이라는 기대. 조직이 조직원 개개인의 고통에 관심을 기울여줄 것이라는 기대. 나는 조직의 생리를 단단히 오해하고 있었던 것이다. "너는 세상을 지나치게 따스하게 봐. 에세이스트로는 좋은 자질일지 모르겠지만 저널리스트로는 잘 모르겠어."라던 어느 선배의 지적이 생각나 마음이 콕콕 쑤시듯 아파왔다.

며칠간 구내식당에 가지 않았다. 사표를 낼까 말까 망설이면서도 멀쩡히 출근하고 일도 했지만 회사 밥만은 먹고 싶지 않았다. 구내식당에 가지 않고 바깥 밥을 사 먹던 내내 '녹(祿)을 먹다.'라는 표현에 대해 생각했다. '나라에서 벼슬아치들에게 벼슬살이에 대한 보수로 주던 곡식이나 베, 돈 따위를 통틀어 이르던 말. 1년 단위나 계절 단위로 주어졌다.' 이는 국어사전에 나오는 '녹'에 대한 설명.

　나는 나라가 아닌 회사의 녹을 먹고 있구나. 그 녹엔 월급뿐 아니라 구내식당 밥이 포함돼 있구나. '먹는다'는 행위에 가장 부합하는 건, 그래서 회사와 나의 관계를 가장 날것으로 이어주는 건 구내식당 밥이구나…. 그런 생각을 하며 시간을 보냈다.

　그러다 일이 쏟아져 휘몰아치도록 바빴던 어느 날, 마감을 끝내고 무심코 구내식당으로 향해 식판에 밥을 받고 한 숟가락 떠서 삼켰다. 큰 저항감 없이 목구멍으로 밥이 내려가는 걸 깨닫고는 숨을 크게 들이마시며 '또 한 고비 넘겼구나.' 생각했다.

일요일 당직자의 마음

광화문 정류장, 버스에서 내리자마자 전속력으로 달렸다. 구내식당 점심시간은 오후 1시 30분까지. 놓치면 안 된다! 오늘은 일요일. 회사 근처 밥 먹을 만한 (그나마) 저렴한 식당들은 문을 닫는 날. 구내식당에서 밥을 못 먹으면 단지 주린 배를 채우기 위해 비싼 돈 내고 딱히 먹고 싶지도 않은 메뉴를 먹거나, 차가운 편의점 샌드위치로 대충 때우는 수밖에 없다.

구내식당 메뉴는 매주 발간되는 사보와 회사 인트라넷에 공지되어 있지만 오늘은 사보도 인트라넷도 체크하지 않았으므로 무엇이 나올지 모른다. 식당에 입성한 건 1시 15분. 출근한 사람이 많지 않아서인지 내가 마지막 손님이다. 일반 음식점은 괜찮지만 구내식당에 마지막으로 들어서면 왠지 모르게 눈치가 보이는데, 빨리 마감하고 쉬고 싶은 배식 담당 아주머니들의 마음을 읽어버린 탓이다.

나를 보자마자 밥을 퍼주시려는 아주머니께 일단 짐 좀 놓고 오겠다고 양해를 구한다. 핸드백과 노트북 가방만 해도 이미 무거운데 식판까지 들었다가 음식을 쏟기라도 하면 곤란하니까. 겉옷까지 벗고

가뿐한 상태로 배식 받으러 간다. 아차차, 식당 입구에 붙어 있는 메뉴를 확인하지 않았네. 그렇지만 큰 기대는 없다. 일요일은 금요일 저녁과 함께 '최악'의 메뉴가 나오는 날이다. 금요일 저녁은 많은 사람들이 약속이 있어 굳이 구내식당에서 밥을 먹지 않고, 일요일은 근무자가 많지 않아 이용자 수가 적기 때문에 식당을 운영하는 외주업체가 메뉴에 크게 신경을 쓰지 않는 느낌이다.

평일 점심과 저녁에는 한식 코너와 양식 코너가 따로 운영돼 둘 중 하나를 고를 수 있고, 점심엔 샌드위치와 도시락 코너도 별개로 운영된다. 그렇지만 금요일 저녁과 일요일의 메뉴는 딱 한 가지, 선택의 여지가 없다. 비용 대비 효과를 고려해야 하는 식당 운영 업체의 입장을 모르는 바 아니지만, 식사하는 사람들의 복지를 신경 쓴다면 금요일 저녁과 일요일 점심이야말로 가장 풍성한 식단을 제공해야 한다.

왜냐하면 다들 약속 있는 금요일 저녁에 구내식당에서 홀로 저녁을 먹는 사람은 금요일 밤 야근에 당첨된 운 없는 인물이거나, 약속도 저녁 함께 먹자고 기다리는 가족도 없는 쓸쓸한 사람이니까. 다들 쉬는 일요일에 구내식당에서 식사하는 사람은 휴일에 기사가 잡히거나 당직하게 돼 억지로 출근한 불운한 영혼이니까. 이들을 조금이라도 가엾게 여긴다면 밥이라도 좀 맛있는 걸 주어 위로해야 할 것 아닌가?

배식대로 가니 이미 내 몫의 밥 한 공기가 놓여 있다. 그냥 집을까 하다 양이 많아 보여 반만 덜어달라고 부탁한다. 음식을 남기는 건 좋지 않으니까. 반찬으로 나온 쥐어채 볶음, 잡채, 간장에 담근 깻잎 장아찌를 집어든다. 접시 위 반찬이 보통 때보다 풍성한 느낌인데, 식당 문 닫기 직전에 왔으니 남은 반찬을 처리하려고 듬뿍 담아준 거겠지.

그러면 오늘의 메인은 뭔가. 잡채는 아닐 테니, 국 종류일 테다. 얼핏 솥에서 끓고 있는 붉은 국물이 보인다. 빨갛고 매운 국물, 위염 때문에 속 쓰려서 싫어하는데…. 콩나물과 무를 비롯한 이런저런 채소, 쇠고기 약간이 들어간 정체불명의 국이 그릇에 가득 담겨 나온다. 육개장도 아니고, 이건 뭐람? 대안이 없으니 먹기는 하는데 짜고 맵기만 하고 입에는 맞지 않다. 이미 아는 맛. 그냥 '구내식당 맛'이라고밖에 표현할 수 없는 맛.

메뉴 이름을 찾아보니 '경상도식 쇠고기 무찌개'다. 나 경상도 출신인데, 경상도에서 이렇게 맛없는 무찌개 안 먹는다구요…. 아무리 경상도가 맛으로 이름난 동네는 아니더라도, 애매하게 맛없는 음식에 제발 '경상도식'이라는 수식어 좀 붙이지 말았으면…. 애향심에 불타 캠페인이라도 벌여볼까 잠시 생각한다. 밥을 퍼 입에 넣으면서 하나둘, 반찬에 젓가락을 가져가본다. 쥐어채 볶음은 꺼내놓은 지 오래되었는지 축축하고, 잡채는 면이 다 퍼져 흐물흐물하디. 이런 음식을 먹으면 영혼끼지 추줄근해진다. 하긴, 휴일 출근이라는 것이 원래 후줄근한 일일지도.

식당 구석에 오늘 기사가 잡혀 출근하게 된 같은 부서 후배가 앉아 밥을 먹고 있다. "선배, 여기 꼭 독서실 같아요." 후배가 말한다. 그러고 보니 조용한 구내식당이 독서실 같기도 하다. 책상이 온통 하얀 독서실. 이건 순전히 칸막이 때문이다. 코로나 발

발 이후로 구내식당에선 혼자 밥을 먹도록 칸막이를 쳐놓았는데 엔데믹 이후에도 칸막이를 치우지 않았다. 이유는 잘 모르겠다. 사람들이 그 편을 더 선호하나? 굳이 구내식당에서까지 다른 사람들과 함께 밥 먹고 싶지 않아서?

코로나 이전엔 종종 동료들에게 "구내식당 갈건데, 같이 안 가?" 하고 만나 밥 먹으면서 이런저런 이야길 나누곤 했는데, 칸막이가 생기고부터는 상대의 말이 잘 들리지 않아 구내식당에서 같이 밥 먹는 건 포기하게 되었다.

오늘 나는 구내식당에 가장 늦게까지 남아 있었던 손님. 내가 문을 나서자 아주머니들이 잽싸게 행주로 내가 앉았던 식탁을 훔친다. 나와 마찬가지로 일요일에도 출근한 불운한 영혼들. 그들은 주방을 정리하고 곧 퇴근할까, 아니면 남은 음식으로 요기를 할까. 그들이 식사를 하고 간다면 오늘 점심 메뉴보다는 나은 스태프 밀이 따로 있었으면 좋겠다.

식사 직후라 꿀렁거리는 배를 안고 사무실로 올라간다. 입안이 '경상도식 쇠고기 무찌개' 맛으로 텁

텁하다. 빨리 양치질을 해 입안을 헹궈내고 싶다. 내키지 않는 식사를 해서인지 위가 더부룩하다. 걸어서 배를 꺼뜨리고 싶지만 시간이 없다. 곧 업무 시작. 사실 크게 배가 고프지는 않았다. 휴일에는 오후에 출근하기 때문에 느지막히 일어나 11시쯤 빵과 우유로 아침을 먹었다. 꼭 안 먹어도 되는데도 굳이 식당에서 점심을 챙겨 먹은 이유는 그간의 경험상 제때 점심을 먹지 않으면 마감 때쯤 무척 허기지기 때문이다. 당이 떨어져 마구 간식을 쑤셔넣느니 밥, 국, 반찬으로 구성된 한 끼를 먹고 제대로 배를 채우는 편이 현명하니까.

휴일 당직자는 그날 기사만 안 삽히면 크게 바쁘지 않다. 만일의 경우에 대비해 밤늦게까지 자리를 지키는 일종의 '파수꾼'이라, 중요한 문화계 인사의 부고가 있는지 정도만 체크하면 된다. 그래서 휴일 당직 때는 식사가 더 중요하다. 입으로 뭐가 들어가는지 모르게 바쁠 때는 아무거나 먹어도 상관없지만, 생각할 여유가 있을 때는 미각에도 여유가 있기 때문이다.

자리에 앉아 시시각각 통신을 체크한다. 몇몇

배우의 부음을 데스크에 보고한다. 일 없는 당직은 제법 지루하지만 그래도 오늘 하루가 제발 별일 없이 지루하게 끝나기를 빈다. 마음 놓고 있다가 갑자기 일 터져 밤늦게 허둥지둥하긴 정말 싫으니까. 마감이 끝나고 부장이 저녁 회의에 들어간다. 그 틈에 인트라넷에 접속해 저녁 메뉴를 검색한다.

저녁 시간은 여유가 있으니 구내식당 메뉴가 내키지 않으면 혼밥하더라도 밖에 나가서 먹고 싶은 걸 먹어야지. 아, 그런데 메뉴가… 매콤제육 장조림, 쌀밥, 감자옹심이 수제비, 시래기 된장 지짐, 쌈다시마와 초장. 나 감자옹심이 수제빗국 좋아하는데, 제육 장조림도 먹을 만한데, 그렇지만 쌈다시마랑 초장 조합은 싫고, 시래기 된장 지짐은 뭔지 모르겠다. 메뉴 이름은 그럴듯해도 막상 먹으면 뻔한 맛이라는 걸 경험으로 알고 있다. 그냥 구내식당 맛. 점심보다는 나은 맛. 평타는 치는 맛. 구내식당에서 먹고 휴게실에서 한숨 잘 것인가, 귀찮더라도 회사를 벗어나 조금이라도 입맛 당기는 걸 먹을 것인가, 고민하는 일요일 저녁.

점심때 먹은 맛없는 찌개 맛이 아직도 찝찝하게 입안에 남아 있다. 그 찌개는 정말로 맛이 없었던 걸까, 아니면 휴일의 구내식당 밥이라 특히 맛없게 느껴진 걸까? 생각하면서 일요일에 문 여는 광화문 주변의 식당을 검색해본다. 쉐이크쉑의 햄버거? 쿠차라의 부리또볼? 서울파이낸스센터 지하 띤띤의 베트남 쌀국수?

열심히 머리를 굴려보았지만 문득 모든 게 다 귀찮아지면서 산란기의 연어처럼 구내식당으로 회귀한다. 이번엔 문 닫기 한 시간 전에 식당 입성. 매콤제육 장조림은 간이 잘 맞는 데다 부드럽고, 수제비는 쫄깃하면서 뜨끈히다. '이민하면 괜찮은 한 끼잖아!' 하면서 다시 생각해본다. 아까 그 점심은 왜 그렇게 맛이 없었던 걸까. 출근하기 싫어 늑장 부리다 음식이 다 식었을 때야 겨우 식당에 도착한 일요일 당직자의 후줄근한 마음, 덩달아 후줄근해진 미각에 아무래도 그 책임이 있지 싶다.

월요일 출근자의 마음

평일 점심과 저녁을 모두 회사에서 해결한다고 하면, 사람들은 이렇게 묻는다. "그러면 주말엔 식사를 어떻게 하세요? 요리를 하시나요?" 그럴 때 "네. 주말에는 꼭 요리를 해서 먹어요. 매식은 건강에 좋지 않으니까요."라고 답한다면 바람직한 1인 가구처럼 보이겠지만 안타깝게도 그렇지 않다. 요리에서 손을 뗀 지 꽤 오래다.

대학에 입학하면서부터 자취를 했으니 자취 경력이 25년쯤 되었다. '자취(自炊)'의 사전적 정의는 '손수 밥을 지어 먹으면서 생활함'. 오랫동안 우리 사회에서 밥은 당연히 엄마가 해주는 것으로 여겨졌기에, 학업 때문에 집을 떠나 독립한 젊은이들에게 '자취생'이라는 이름이 붙었을 것이다. 하지만 나는 애석하게도 '취(炊)'를 좋아하지 않는다. 막상 팔 걷어붙이고 요리를 하면 꽤 괜찮은 맛이 난다고들, 주변 사람들은 말한다. 계량하지 않고 눈대중으로 양념을 넣어도 맛을 비슷하게 흉내는 낸다.

그렇지만 그 과정이 즐겁지가 않다. 요리를 하며 성취감을 느끼는 사람들도 세상에는 꽤 있는 모양이지만, 나는 성취감을 느끼기보다는 그냥 지친다. 재료를 사고, 다듬고, 볶거나 데치거나 삶거나 끓이고, 그릇에 담아서 내고, 먹고, 설거지하는 모든 과정이 고되게 느껴진다. 남을 먹이기 위해서라면 이타적인 행동을 했다는 보람이라도 있을 텐데, 나 혼자 먹자고 그런 일을 할 이유가 없다. 혼자서 한 번 먹을 양의 요리를 하기가 쉽지 않아서 몇 끼 같은 음식을 꾸역꾸역 먹어야 하는 것도 고역인데, 집에서 밥을 먹는 횟수가 워낙 적으니 보통 냉장고에 넣어뒀다가 상해서 버리게 된다.

식재료도 마찬가지. 채소류는 물론이고 '해 먹고 살겠다.'고 결심하고 사들인 참기름이며 고추장 등을 유통기한이 진뜩 지나 버리게 되는 일을 거듭하면서 나의 '자취'에서는 점차 '취'가 삭제되었다.

주말 이틀 중에서 보통 하루는 약속이 있어 한 끼 정도는 밖에서 식사한다. 이틀 연속 약속을 잡는 일은 잘 없기 때문에 일요일 하루는 으레 집에서 먹는다. 저녁형 인간이라 늦게 자고 늦게 일어나므로 통상 11시 넘어 아점을 먹는다.

아침식사 메뉴는 특별히 정해져 있지 않지만 어

김없이 꼭 섭취하는 건 우유다. 아침에 차가운 우유 한 잔을 마시지 않으면, 하루가 개운하지 않다. 커피를 마셔 뇌를 깨우는 사람들이 많다는데, 나는 미량의 카페인에도 토하고 심장이 빨리 뛰는 등 격렬하게 반응하기 때문에 커피를 전혀 마실 수 없다. 대신 우유를 마시며 뇌를 깨우는 셈이다. "가장 좋아하는 음료는?"이라고 누가 묻는다면 자신있게 "우유!" 하고 답할 수 있을 정도다. "성장기 어린이세요?"라는 놀림도 종종 듣지만, 취향입니다, 존중해주시죠.

여하튼 커다란 머그에 우유를 가득 담아 무언가와 함께 가볍게 먹는다. 특히 바나나와 우유를 함께 먹는 걸 좋아하는데 혼자 바나나 한 송이를 다 해치우긴 쉽지 않아 바나나가 금방 무르는 여름철에는 포기한다. 바나나가 무르기 전에 미리 껍질 벗기고 잘라서 통에 넣어 냉장고에 보관하는 방법이 있다는 걸 아는데, 그렇게 노력하면서까지 바나나를 먹고 싶진 않다. 살림에 소질이 없다는 건 섬세하고 자잘한 살림 팁을 실행하는 걸 귀찮아하는 것과 동의어가 아닐까. 집에 선물받은 떡이나 빵, 케이크가 있으면 그것들과 우유를 함께 먹기도 한다. 시리얼을 먹으면 간편하겠지만, 혈당 수치를 높이는 주범이란 이야기를 듣고 끊은 지 꽤 됐다.

아점은 간단히 해결할 수 있지만, 저녁은 그러기가 쉽지 않다. 두 끼 연속 우유와 바나나로 때우자면 허기가 진다. 먹고 난 그릇 처리하는 게 번거로워서 코로나 이전엔 피자나 치킨 외의 배달 음식은 시키지 않았다. 코로나를 겪으며 어쩔 수 없이 시류에 적응해 한동안 배민이나 쿠팡이츠에서 많이 시켜 먹었다. 편하지만 뭘 먹어도 썩 맛있다는 생각이 들지 않고, 1인분은 시키기 힘들뿐더러 1인분을 시켜도 양이 많다. 남기는 게 싫어 꾸역꾸역 먹고 나면 어김없이 속이 더부룩해졌다.

최근엔 배달 음식을 시키기보다는 레토르트 식품을 조리해 먹는 편을 택하고 있다. 레토르트 본죽을 냉장고에 쟁여놓고 허기지면 한 팩씩 꺼내 데워 먹는다. 김치 같은 반찬거리가 있을 땐 함께 먹지만, 없으면 그냥 죽만 먹는다.

탄수화물만 연달아 섭취하니 곤란하다 싶을 때는 고기를 굽는다. 고기 굽기는 요즘 내가 하는 최소한의 요리다. 스테이크용 고기를 사서 냉동실에 넣어놓았다가 해동시켜 소금과 후추를 뿌려 굽는다. 양파를 함께 구워 육즙에 익혀 먹는 걸 좋아하는데, 1인 가구 특성상 양파를 한 봉지 샀다간 썩어서 버리기 일쑤이므로 깐 양파 한두 개 포장된 걸 마켓컬리나 쿠팡프레시에서 구매한다. 프라이팬에 고기 굽고 햇반 데우면 끝. 김치나 피클이 있으면 좋고, 없어도 그만이고.

식탁을 차린다고 하기에는 무성의한 이런 식사를 하며 주말을 보내고 나면, 월요일의 구내식당에서는 뭐가 나오든 진수성찬이다. 밥과 국과 메인 요리와 반찬에 김치는 물론이고 주스 같은 후식까지 있다! 무엇보다 중요한 건 남이 해준 밥이라는 것. 월요일 구내식당 점심 메뉴에 마음이 너그러워지는 건 마침내 제대로 된 식사를 하게 되었다는 기쁨 때문일 것이다.

삼중고 속에서도

"대체 어떤 이야기를 쓰는 거예요?"

구내식당에 대해 책을 쓰고 있다고 하면, 주변 사람들이 호기심을 가지고 묻는다. 회사 동료들은 보통 이 책이 여러 회사의 구내식당을 탐방하고 취재한 결과물이 될 거라고 생각한다. 현장이 있고, 그 현장에 가고, 현장을 분석하고, 장점과 단점을 짚고, 문제점에 대한 해결 방안을 내놓는 것이 기자의 일이므로, 기자가 책을 쓴다면 그런 유의 르포가 될 것이라 짐작하는 사람들이 많은 것 같다.

"아니요. 그게 아니라 우리 회사 구내식당에 대해 쓰는 거예요."

이렇게 말하면 대부분의 동료들은 의아한 눈초리로 "그게, 얘기가 돼요?" 하고 묻는다. 참고로 말하자면 신문사에서 '얘기'란 곧 '기사'를 말한다. "얘기 돼, 안 돼?"라고 묻는 건 "기사가 돼, 안 돼?"라는 뜻이고, "얘기 안 된다. 그만하자."라고 하면 "기삿거리가 아니니 괜히 언급해 시간 낭비하지 말라."는 뜻이다. (영어에서도 'story'는 '기사'라는 뜻으로 쓰인다.)

그러니까 이들은 궁금한 것이다. 기사란, 특히 구내식당 같은 걸 다루는 기사란 두 개 이상의 케이스를 갖춰야 객관성을 확보하는 법인데, 단 하나의 케이스, 심지어 기자 본인이 소속된 회사의 사례만 가지고 어떻게 기사의 요건을 갖출 수 있는지…. 자신의 이야기를 주관적으로 쓰는 에세이란, 항상 남의 이야기를 객관적인 시선으로 바라보는 기자들에게 그만큼 낯선 장르인 것이다.

에세이스트로서 회사 구내식당에 대해 쓰는 일은 생각했던 것보다 무척 어렵다. 띵 시리즈의 캐치프레이즈는 '내가 좋아하는 것을 함께 좋아하고 싶은 마음'이다. 나는 구내식당을 좋아하는가? 좋아한다. 왜 좋아하는가? 밀리까지 나가서 않아도 간편하게 밥을 먹을 수 있고, 영양소가 고루 갖춰져 있어 소화가 잘된다. 나는 구내식당 밥을 좋아하는가? 대체로 좋아한다. 왜 좋아하는가? 집밥에 가깝고 위에 무리가 되지 않으며, 공짜니까.

그렇지만 모두가 알다시피 구내식당 밥을 아주 맛있어하기는 참 어렵다. 그건 직장생활을 매일 좋아하기 힘든 것과 마찬가지 이치다. 내가 만드는 신문과 마찬가지로 구내식당 밥도 일종의 '회사 제품'

이기 때문에 회사의 그림자를 떨쳐놓고 이 밥을 생각할 수 없다. 그래서 회사원과 구내식당 밥 사이에는 아주 묘한 관계가 형성된다. 애증이라는 표현을 쓰자니 너무 무겁게 느껴지는데, 어쨌든 마냥 좋아할 수는 없다. 애써 싫어해야 할 건 아니지만 어느 정도는 거리를 둬야지만 나 스스로를 지키고 회사에 잠식되지 않을 것 같다는 그런 보호본능이 구내식당 밥을 대하는 자세에서 나도 모르게 작동한다.

소재의 한계도 있다. 구내식당 밥을 이야기하자면 내 개인의 이야기로만은 그칠 수가 없다. 회사 이야기를 할 수밖에 없는데, 조직원으로서 그 조직에 대해 이야기하자면 아무래도 조심스러워질 수밖에. '조직의 명예'와 '구성원들의 사생활 보호' 같은 의무감이 컴퓨터 키보드 위를 달음질치려는 손가락을 계속해서 가로막는다. 한계를 지어놓고 이야기를 풀어가자니 글감을 찾는 일이 만만치 않다.

스타벅스 같은 프랜차이즈 카페를 주제로 잡았더라면, 카페에 앉아 보고 들은 이런저런 일들을 쓸 수 있었을 것이다. 그러나 구내식당은 얘기가 다르다. 카페에 종일 앉아 일하며 주변을 관찰하는 사람들은 많지만, 구내식당에 종일 앉아 사람들을 살피거나 그들의 이야기를 엿듣는 사람은 없다. 구내식당은 일의 효율을 위한 공간이라 모두들 일하다 말고 허겁지겁 뛰어와 후딱 밥만 먹고 일어서기 일쑤니까.

코로나 사태 이후로 구내식당에서 동료와 함께 밥을 먹으며 이야기를 나누는 빈도가 줄었을뿐더러 간혹 동료들과 이야기를 나누더라도 보통 회사 이야기를 하게 되기 때문에 당사자나 관련된 사람이 듣지 않도록 주변을 살핀 후 은밀히 이야기한다. 그래서 구내식당에서의 담화는 대부분 아주 조용히 이루어진다. 카페에서처럼 다른 사람들이 다 듣도록 웃고 떠들며 이야기를 나누는 사람은 없다. 잊으면 안 된다. 이곳은 엄연히 '회사'라는 사실을.

공간의 제약, 소재의 제약, 감정의 제약…. '삼중고(三重苦)의 성녀'라는 말은 헬렌 켈러가 아니라 구내식당 에세이를 쓰고 있는 내게 붙여야 할 말이 아닐까, 라고 조금 과장해서 생각해본다. 분명한 것은 이 책을 쓰기 시작한 이후로 구내식당에서 밥을 먹을 때마다 '책에는 뭘 쓰지?' 하는 생각에 골몰하게 되었다는 점이다.

회사 인트라넷에 접속해 오늘의 구내식당 메뉴를 살피는 순간부터 '오늘 메뉴는 글감이 되나, 되지 않나.' 생각한다. 편집국 건물을 나가 구내식당이 있는 별관 건물로 들어선 후 식당 입구의 메뉴 샘플을 들여다보면서 '이 음식들로 할 수 있는 이야기가 있나, 없나.' 생각한다. 식판을 들고서도 배식해주시는 아주머니들의 말 한마디, 표정 하나 놓치지 않고 기억하려 애쓰며 '혹시나 책에 쓸 수 있지 않을까.' 고민한다. 자리에 앉아 밥을 먹을 땐 식사 중인 동료들의 뒤통수를 쳐다보며, 혹은 저 멀리서 밥을 먹고 있는 동료들의 흐릿한 얼굴을 바라보면서, '저들로부터 끌어낼 이야기는 뭐가 있을까.' 머리를 굴린다. 스마트폰 메모장 앱을 켜서 이런저런 아이디어들을 기록하면서 언젠가는 이 아이디어들이 번듯한 원고가 되어 나오길 기원하는 것. 그것이 요즘 구내식당에서의 내 루틴이다.

제약을 뛰어넘어 쓰는 일, 분명 쉽지 않지만 글

쓰는 이로서 한 가지만은 알고 있다. 쓰는 이가 머릿속에 담아놓고 고민만 해서는 아무것도 해결되지 않는다. 글이란 생물이라 스스로의 힘으로 자라나고 뻗어가기 때문에 일단 쓰기 시작해야 그 글이 어떻게 결론 날지를 알 수 있다. 구내식당 에세이에 이러저러한 제약이 있다는 설명에 "그러네요. 쉽지는 않겠어요."라고 말하는 이들에게 답한다. "그래도 쓰다 보면 길이 보여요." 나 스스로에게 들려주고 싶은 말이기도 하다.

사장님의 식단표

tvN 드라마 〈손해 보기 싫어서〉는 위탁모 활동을 하던 어머니가 맡아 키우던 아이들에게 엄마의 사랑을 빼앗겼다는 트라우마로 만사 지독하게 손익계산을 하는 여주인공 손해영(신민아 분)이 엄마의 위탁아 중 하나였던 연하남 김지욱(김영대 분)과의 관계를 통해 치유받는 과정을 그린 로맨틱 코미디다. 이 드라마에서 손해영은 역시나 위탁아 중 한 명이었던 웹소설 작가 남자연(한지현 분)과 한집에 사는데, 남자연은 손해영이 근무하는 초·중·고 학습교재 회사 꿀비교육의 사장 복규현(이상이 분)과 사랑에 빠지게 된다.

남자연은 회사 구내식당과 조리실 등을 배경으로 하는 상당히 수위 높은 19금 웹소설 『사장님의 식단표』를 연재하는데, 복규현의 어머니가 우연히 이 소설의 열성팬이 된다. 우아하고 고상한 줄 알았던 어머니가 '저급하고 선정적인' 웹소설을 읽는다는 사실에 충격받은 복규현은 『사장님의 식단표』에 악성 댓글을 단다. 이에 분노한 남자연이 명예훼손으로 그를 고소하면서 둘 사이의 인연이 시작되고, 여러 우여곡절을 거쳐 연인으로 발전한다.

드라마를 보면서 이 서브 커플의 서사에 집중하던 중, 남자연이 복규현에게 하소연하는 장면의 대사가 귀에 쏙 들어왔다. 그는 한때 악플러였던 현재의 연인에게, 구내식당에서 식사하는 사장을 작품에 쓴 것에 대해 독자들의 댓글이 비판적이라는 사실에 속상해하며 이렇게 말한다.

"사장은 사내식당에서 밥 안 먹는다고, 리얼리티 없다고, 작가가 회사생활 안 해본 것 티 난대요."

이에 복규현은 남자연을 위로하며 "나 앞으로 사내식당에서만 밥 먹을 거예요. 아침, 점심, 저녁, 다."라고 선언한다. 알콩달콩 꿀 떨어지는 이 로맨틱한 장면을 보면서 나는 순간 어리둥절해졌다. 왜 사장이 사내식당에서 밥 먹는 장면이 리얼리티가 없다는 거야?

우리 회사에선 간부 회의가 있는 날 점심때면 사장이 구내식당에서 부장들과 함께 식사하는 장면을 종종 목격할 수 있다. (신문사에서는 선배, 차장, 부장은 물론이고 사장을 호칭할 때도 '님'을 붙이지 않는다.) 이는 아마도 우리 회사의 오래된 전통인 모양으로, 매주 회의가 있는 요일에 구내식당에서 짜장면을 제공하는 이유도 선대 회장이 짜장면을 좋아하셨기 때문이라고 한다.

회사 동료 중 한 명이 구내식당에서 사장을 마주쳤는데, 식판을 들고 줄을 서 있다가 배식해주시는 아주머니가 "어머, 사장님 오셨네요." 하며 반찬을 더 많이 주려 하자 기겁해서 손사래를 치더라는 에피소드도 있고….

세상에 좋은 식당 많은데 왜 굳이 사장과 간부들이 구내식당에서 식사를 하는 걸까, 짐작해보자면 사원들의 복지를 점검하는 차원도 있겠지만, 무엇보다도 사원들과 '한솥밥'을 먹고 있다는 동질감의 메시지를 줄 수 있기 때문이 아닌가 한다. 사주가 등장하면 구내식당을 맡아 운영하는 외주업체도 식사의 질이 떨어지지 않도록 긴장할 것이고, 직원들 입장에서도 '아, 사장이 우리가 뭘 먹는지에 신경을 쓰는구나.' 하는 믿음과 함께 '고용주라 해서 우리와 달리 특별한 걸 먹는 게 아니고 같은 걸 먹는구나.'라는 친근감을 느낄 수 있을 테니.

구내식당의 식사는 결국 '평등의 밥'이라는 메시지를 준다. 사장이나 부장이나 평사원이나, 정규직이나 비정규직이나, 화이트칼라나 블루칼라나, 본사 직원이나 외주업체 직원이나 모두 밥때가 되어 같은 식판을 앞에 놓고 같은 메뉴를 먹고 있는 장면을 보고 있노라면 그냥 우리는 모두 배고프면 밥을 먹고, 이를 원동력으로 일하며 이 조직을 유지하는 똑같은 인간이라는 생각이 들기 때문이다. 물론 그것이 착시현상일지라 해도, 그 장면에는 일말의 진실도 있는 법이니까. 그래서 이재용 삼성전자 회장, 최태원 SK그룹 회장, 신동빈 롯데그룹 회장 같은 대기업 총수들도 식판을 들고 구내식당에 줄을 서면서 소탈하고 친근한 모습과 함께 '직원들 밥을 직접 챙긴다'는 이미지를 구축하는 것일 테니.•

'사장님의 식단표'가 매번 직원들과 같을 수는 없다. 사장과 직원뿐 아니라 세상 어느 누구의 식단

• 《조선일보》 2024년 5월 26일자 기사, 〈겁나는 물가에 밥이 복지다… 총수도 줄선다는 구내식당들〉 참고.

표도 매번 남과 동일할 수는 없다. 그렇지만 '사장님의 식단표'는 때때로 직원과 같아야 직원들의 사기가 살고, 기업 내 인화(人和)가 이루어진다. 그런 면에서 그간 구내식당에서 식사하지 않았던 꿀비교육의 복규현 사장은 썩 훌륭한 경영인은 아니지 않았을까 싶다.

그렇지만 복규현 사장님. 구내식당에서 식사를 하겠다는 결심은 환영하지만, 여자친구가 쓴 소설의 리얼리티를 지켜주기 위해 아침, 점심, 저녁, 다 구내식당에서만 식사하신다면… 어디 직원들이 부담스러워서 밥이나 제대로 삼키겠습니까. 구내식당에는 적절한 빈도로 출현해주시죠. 자고로 지나침은 모자람보다 못하다 하지 않습니까?

밥 친구

오늘의 점심 메뉴는 오돈 불고기(897kcal)와 조개 칼국수(886kcal). 둘 다 썩 좋아하는 메뉴는 아니다. 소화기가 약한 편이라 소화가 잘 안 되는 음식을 꺼리는데, 오징어도 밀가루로 만든 면도 소화에는 도움이 되지 않는다. "칼국수 싫어해요."라고 하면 많은 사람들이 이해를 못하던데 칼국수가 맛있다고 느껴본 적이 별로 없다. 면 요리를 좋아하지 않기 때문이기도 할 거고, 국물 요리를 즐기지 않는 것도 이유 중 하나겠지. 신입사원에겐 메뉴 선택의 자유가 없던 야만의 시절, 칼국수를 좋아하는 상사들 입맛에 맞추면서 위를 혹사시켜야만 했던 기억 때문이기도 하고.

어쨌든 간에 점심은 먹어야 하므로, 살짝 고민하다 오돈 불고기를 먹기로 한다. 칼로리는 조개 칼국수보다 높지만 탄수화물이 아닌 단백질이라는 점에 점수를 주었다. 나의 구내식당 메뉴 선택은 매번 이렇게 단순한 이유로 이루어진다.

배식대엔 쌀밥이 놓여 있지만, 일부러 빈 그릇을 들고 배식대에서 멀리 떨어진 밥솥을 찾아 현미밥을 푼다. 한 끼나마 현미밥을 먹음으로써 그간 건강을 소홀히 하며 혀에 감기는 음식만 먹었다는 죄책감을 덜고 싶은 얄팍한 마음. 다른 반찬은 가지와 깻잎. 채소를 좋아하지 않는 데다, 특히 가지의 물컹한 식감과 망자의 입술 색깔을 연상시키는 보랏빛을 싫어하지만, 이 역시 평소 섭식에 대한 죄책감을 덜기 위해 열심히 먹기로 한다. 구내식당을 찾는 데에는 여러 이유가 있겠지만, 사 먹는 밥과는 달리 영양사가 신경 써 구성한 메뉴에 따른 건강하고 균형 잡힌 식사를 할 수 있으리라는 믿음이 크다.

식판을 들고 자리에 앉았다. 칸막이 너머 익숙히고 귀여운 얼굴이 눈에 띈다. 나의 '구내식당 메이트' 중 한 명인 S. 코로나 이후 동료와 구내식당에 함께 오는 일이 없어졌지만, 마음속으로 여전히 구내식당 메이트라 부르는 몇 명이 있다. 대체로 나보다 열 살 이상 어린 친구들이고, 우리 지면 편집을 담당하는 외주회사 직원이다.

처음 만났을 때 이십대 후반이었던 이들이 시간이 지나면서 삼십대 초반이 되었다. 본인들은 "차장! 우리도 이제 나이 많아요!" 우기지만, 내 눈엔 여전히 싱그럽고 푸릇푸릇하게 보인다. 윤기 나는 머리카락을 등까지 길게 늘어뜨리고, 귀엽고 통통한 얼굴에 예쁜 미소를 띠고, 항상 밝고 명랑한 목소리. 하이 웨이스트에 아래로 내려올수록 통이 넓어지는 검정 바지, 충전재가 빵빵하게 들어간 숏 패딩을 입은 모습을 볼 때마다 '젊어서 좋겠다.'고 느끼는 나는… 중년이다.

그렇지만 세대를 넘어 이들과 나의 공통점이 있으니…. 바로 구내식당 러버라는 사실! 구내식당에서 저녁을 먹고 나오다가 그제야 일과를 마치고 우르르 구내식당으로 몰려가는 이들을 보고 "오늘 메뉴 중 ○○ 먹었는데 맛있었어요!" 알려주기도 하고, 구내식당에서 식사를 하고 나오는 그들을 마주칠 땐 "뭐 먹었어요? 맛있어요?" 물어보기도 한다. 내가 평소에 손대지 않는 메뉴들을 적극적으로 맛본 후 후기도 전해주는데, 가끔 후식으로 나오는 팝콘이 매우 맛있다고 일러준 것도 바로 이들이다. 그 전까지는 '영화관도 아닌데 무슨 팝콘을 주나. 팝콘이 후식이라고 할 수 있나? 참 이상하다.' 생각했지만, 어느 순간부터 나도 이들처럼 팝콘이 나오는 날은 꼭 구내식당에 가게 되었다.

　이들도 역시 구내식당 덕분에 내게 친근감을 느끼는 모양. 어느 날 식당에 늦게 가는 바람에 노리고 있던 메뉴가 품절되어 먹지 못했다며 탄식하고 있자, '구내식당 메이트' 중 한 명인 Y가 그야말로 '빵' 터지며 말했다.

　"차장이 그렇게 말씀하시니 사람 사는 건 다 똑같다는 생각이 들어요."

　"왜요?"

　"차장처럼 연륜이 있는 분은 그런 일에 일희일비하지 않으실 것 같았는데…."

　잇, '설마 나 지금 나잇값 못한 건가? 하는 생각이 들면서도 이들과의 공감대를 넓혔다는 생각에 왠지 모르게 흐뭇해지는 마음. 그들은 알까? 내가 그들과 구내식당 메뉴를 논할 때마다 얼마나 즐거워하는지.

＊ ＊ ＊

　오늘 S는 무슨 메뉴를 택했으려나? 궁금했지만

자리가 멀어 보이지 않았다. 손을 크게 휘저으며 S의 이름을 불러 인사를 건네보았다. 그렇지만 커다란 헤드셋을 낀 S의 귀엔 내 목소리가 들리지 않는 모양이다. 그녀는 휴대전화를 식탁 위 눈에 잘 띄는 곳에 정성스레 설치하더니 화면을 보면서 행복한 표정으로 수저를 들기 시작했다. 자신만의 세계에서 음미하는 복된 한 끼를 방해하지 말자는 생각이 들어 인사를 포기하고, 나 역시 나만의 세계로 진입해 식사를 시작했다.

구내식당 밥이 속 편한 이유

가입해 있는 몇 안 되는 인터넷 커뮤니티 중에서 가장 자주 들어가보는 건 대학 동문 커뮤니티다. 활동은 하지 않고 이른바 '눈팅'만 한다. 가입 초기엔 학부 재학생들의 풋풋한 이야기들이 많이 올라와 나름 요즘 트렌드를 파악해 기삿거리 건지는 재미가 쏠쏠했다. 그 후로 근 20년. 내가 나이를 먹는 만큼 커뮤니티도 늙어갔고, 신규 가입자가 유입되기보다는 '고인물'들이 빠져나가지 않고 남아 있어 활동층은 재학생들이 아니라 졸업생들이 주를 이루게 되었다. 눈에 띄게 열심히 글을 올리고 댓글을 다는 사람들은 삼십대인 것 같고, 차마 나이를 드러낼 수 없어 숨어서 관망하는 나 같은 사십대 이용자도 왕왕 있는 것 같다.

커뮤니티가 생긴 초반만 해도 좋은 글도 많고 분위기가 괜찮았는데, 시간이 지날수록 분위기가 험악해져 '악화가 양화를 구축한다.'는 말 뜻을 실감하는 중이다. 요 몇 년 새 가장 눈에 많이 띄는 글은 남녀갈등. 그 외에도 금수저 동경글, 나이 많은 여성 비하글, 연봉 비교글…. 한국사회의 병폐가 응축돼 있는 것 같은 게시물들을 보다 보면 머리가 아찔해지고, 커뮤니티에 접속한 날은 '저렇게 생각하는 사람들이 정말 내 주변에 있다면 암담하다.'는 생각이 들 정도지만 그럼에도 커뮤니티를 못 끊는 이유는 어쩌다 한 번씩 눈에 띄는 샘물 같은 지혜, 단물 같은 재미, 쏠쏠한 정보 등을 못 잃어서다.

'구내식당 먹으면 왜 속이 편할까요?'라는 제목의 게시물을 본 건 며칠 전이었다. 그날도 변함없이 커뮤니티는 전쟁터. 이런저런 논쟁들을 지켜보다 정신이 아스라해지던 중, 명백하게 싸움과는 관련 없어 보이는 게시물이 반가워서 클릭했다. 익명의 글쓴이는 이렇게 적었다. "짐짐 점심을 밖에서 먹으면 오후 내내 속이 불편한 기분입니다. 구내식당을 먹으면 속에 문제도 없고 화장실 가도 편하고 정말 좋네요. 뭐가 다른 걸까요?" '구내식당을 먹으면'이 아니라 '구내식당에서 먹으면'이 정확하겠지만, 뜻을 알아들었으니 직업병은 잠시 접어두기로 한다.

그러게, 나도 정말 궁금하다. 구내식당에서 밥을 먹으면 왜 속이 편한지. 고기 요리를 먹어도, 면류의 밀가루 음식을 먹어도, 구내식당에서 먹으면 크게 속이 부대끼지 않는다. 특별히 육질이 부드러운 고기를 쓰거나, 소화가 잘되도록 가공한 밀가루를 사용하는 게 아닌데도, 구내식당에서 밥을 먹고 체한 적은 거의 없는 것 같다. 도대체 왜?

궁금한 사람이 나만은 아니었던지 댓글 릴레이가 이어졌다. 삼치 님이 단 "조미료?"라는 첫 번째 댓글에 17개의 '좋아요'가 눌렸다. (이 커뮤니티에선 익명 댓글을 단 사람에게 임의로 동물 이름을 부여한다.) 확실히 구내식당 밥이 외부 식당 밥보다 슴슴하긴 한 것 같다. 우리 회사 구내식당의 경우엔 국도 저염 조리하고, 한때는 저염 김치를 따로 내놓기도 했다. 외부 식당은 이문을 남겨야 하니 조미료를 듬뿍 쳐 혀에 아부해야겠지만, 구내식당이야 굳이 그럴 이유가 없으니 자극적인 조미료를 덜 치지 않을까.

"과식을 안 해서?"라는 비단뱀 님의 댓글에 '좋아요' 25개. "확실히 식판에 받으면 적게 먹게 되는 걸까요?"라고 글쓴이가 대댓글을 달자, 비단뱀 님은 이렇게 답한다. "외식하면 1인분 주는 걸 다 먹어서 과식하게 되지 않나요?" 성인 남성 기준에 맞춰 제공되는 1인분은 내게 양이 많지만, 먹다 보면 한 그릇을 다 비우게 돼 과식하게 되는 건 구내식당이나 밖에서 사 먹는 것이나 매한가지다. 그렇지만 그래도 속이 편한데….

언제나 주류에 반하는 생각을 가진 이는 있는 법. "구내식당이라고 다를 게 있나요. 어차피 납품받는 건데."라고 소신발언을 한 해삼 님. 그러나 그는 순도 높은 14건의 '싫어요'를 받았다. 구내식당은 바깥 식당과 확실히 다르다는 정서가 일반적이긴 한 모양이다. 이윽고 가자미 님의 "영양사가 짠 (그나마) 건강하고 균형 잡힌 식단이라서?"에는 '좋아요' 45건, '싫어요' 1건. 영양사가 짠 식단이라는 것도 팩트고, 건강하고 균형 잡힌 것도 맞겠지만, 그렇다고 해서 반드시 속이 편하리라는 법이 있을까? 속이 편하다는 건 소화가 잘된다는 뜻일 텐데, 영양소 균형이 잡혀 있다고 소화도 잘되는 건지는 생각해볼 문제다.

이제 조금 더 길고 조리 있는 댓글이 등장할 때가 되었는데, 생각할 즈음 악어 님이 댓글을 달았다. "일단 간이나 조미를 최소화해서 원재료에 가깝게 먹는 것만으로도 당 섭취가 최소화되고 건강에도 좋은 걸로 알고 있어요. 그래서 일반적으로 자극적인 외식보다 집밥이 좋은 거고요." '좋아요' 13건. 그렇지, 그렇지만 그러면 맛이 없잖아…라고 생각하는 찰나, 내 마음을 읽은 듯 나팔고동 님이 이렇게 말한다. "그치만… 구내식당 먹으면 4시면 배고픈뎅…." '좋아요' 18건. '맞아, 맞아.' 하면서 '좋아요'를 눌렀을 직장인들의 모습이 눈에 선하게 그려졌다.

구내식당에서 밥을 먹으면 왜 배가 빨리 꺼지는지는 사실 나의 오래된 미스터리였다. 성인 1일 소비 열량에 맞춰 식단을 짰으면 적어도 다음 끼니를 먹을 때까지 허기지지는 않게 해줘야 할 텐데 구내식당에서 밥을 먹으면 늘 금세 배가 고파져 오후 4시쯤이면 허겁지겁 간식을 주워 먹게 된다는 게 함정. 그러다 보니 다이어트한다고 구내식당 밥 먹었다가 오히려 체중이 불어나는 역설적 상황에 직면하게 되는 것이다.

"맛이 없어서 잘 안 먹어서?"라는 숭어 님 댓글에 어느 정도 공감하며 고개 끄덕이고 있는데, 어라! '좋아요'는 하나도 없이 '싫어요'만 2건. 세상에 맛있는 구내식당도 많은가 보다. 이 댓글이 이렇게 호응을 못 얻는 걸 보면…. 나름 우리 회사 구내식당에 자부심을 가지고 있던 1인으로서 살짝 자존심이 상하기도 한다.

누구도 명확한 답을 제시하지 않았지만, 다툼도 비방도 없는 '청정게시물'을 오래간만에 보는 것만으로도 연달아 매식하다가 구내식당 밥을 먹은 것처럼 속이 편했다. 사람들이 '구내식당 밥은 왜 속이 편할까?' 같은 비정치적이면서도 모두가 호기심을 가질 만한 문제에만 골몰하면 세상이 참 평화로울 텐데, 싸우기 위한 싸움들로 오늘도 우리 사회는 참 혼딕하구나… 생각하면서 커뮤니티에서 로그아웃하곤 구내식당으로 밥 먹으러 갔다.

그나저나 이 글을 쓴다고 다시 게시물을 들여다봤더니 댓글 릴레이가 잠잠해진 이틀 후 뒤늦게 남방방게 님이 이런 댓글을 다셨네. "단체 급식의 목적이 탈나지 않게 영양 공급입니다. ㅎㅎㅎ 그러다 보니 잘 익히고 균형 잡힌 음식이 나오는 거죠! 찐밥이라 소화도 잘되구요. ㅎㅎㅎ 돌아서면 배고픈 단점이." 단체 급식의 목적이 탈나지 않게 영양을 공급하는 거구나! 이렇게 발랄하면서도 명쾌한 답을 주셨는데 아쉽게도 좀 늦으셨네요. 그렇지만 괜찮아요, 남방방게 님. 제가 읽었으니까. '좋아요' 1건.

아가리어터와 핫도그

나 같은 사람을 요즘 유행하는 말로 '아가리어터'라고 한단다. '아가리'와 '다이어터'의 합성어로, 입으로만 다이어트하는 사람을 일컫는 신조어라고.

'다이어트 중인데…'라고 생각하는 건 언제나. "다이어트 중인데…"라고 입 밖으로 내뱉는 건 수시로. 그렇지만 언제나 음식 앞에선 무너지며, "Eat Today, Diet Tomorrow!"라는 구호를 몸소 실천한다. 배가 좀 부르다 싶으면 수저를 내려놓는 것이 다이어트의 기본일진대, 위장이 꽉 찰 때까지 먹는 습관은 버릇이 되어 있다. 가난한 자취생이었던 대학생 때, 언제 풍족하게 먹을지 불투명하니 일단 먹을 걸 보면 배를 채우고 보았던 버릇이 아직도 남아 있어서 그렇다고 변명해본다. 물론, 어디까지나 변명일 뿐이다.

구내식당에서의 식사는 '아가리어터'인 내가 그나마 일상에서 가장 자주 실천하는 다이어트다. 맛은 없지만 기름지지 않고 위에 부담이 되지 않는 구내식당 밥. 실제로 우리 회사 사람들은 말한다. "구내식당에서만 계속 먹어도 살이 빠져." 이 말의 다른 버전도 있다. "구내식당 밥만 먹으면 신선이 되어 날아간대." 저기…. 신선이 되려면 거의 곡기를 끊어야 하는 거 아닌가요?

　　다이어트를 염두에 두고 구내식당에 가는 아가리어터는, 구내식당의 두 가지 메뉴를 놓고 항상 고민한다. 둘 중 웬만하면 칼로리가 적은 걸 택하려 하고, 둘 중 웬만하면 단백질이 많은 걸 먹으려고 한다. 밥, 국, 반찬이 차려져 나오는 한식보다는 볶음밥이나 오므라이스 같은 한 그릇 음식을 더 좋아하지만, 구내식당에서는 의식적으로 한식을 고르려고 노력하는 편이다. 파스타나 짜장면, 분식 같은 별식이 나왔을 때도 애써 눈을 질끈 감고 낙지볶음이나 찌개류를 택한다.

　　그날 저녁의 메뉴는 갈등할 만했다. 한식 코너는 오징어 소면, 퓨전 요리를 비롯해 한 그릇 음식이 주로 나오는 인터셰프 코너는 들기름 산채비빔밥이었다. 낙지와 마찬가지로 오징어도 소화가 잘되지 않아 그다지 좋아하지 않는다. 마음은 산채비빔밥을 향해 달려가고 있었지만, 칼로리를 비교해보고 억지로 오징어 소면을 택했다. 붉은 양념을 좋아하지 않고 면류도 그닥 좋아하지 않는데 양념에 버무린 오징어 소면을 씹고 있자니 형벌을 받고 있는 것처럼 느껴졌지만, 다이어트란 원래 고통스러운 것 아니겠는가. 그냥 끼니만 때우러 왔다고 생각하자, 되뇌면서 즐거움이라고는 하나도 없는 식사를 했다.

식사를 마치고 사무실로 올라왔는데 구내식당 메이트 중 한 명인 Y와 마주쳤다. 항상 구내식당에 먼저 다녀온 쪽이 그날 메뉴를 품평하며 정보를 교환하는 사이. "오징어 소면이랑 산채비빔밥인데 난 오징어 소면 먹었어. 참고로 별로였어."라고 했더니 Y가 말한다. "산채비빔밥이랑 같이 나온 핫도그가 못난이 핫도그가 아니라 그냥 핫도그라는 소문이 있던데 정말이에요?"

아, 산채비빔밥 쪽 줄이 길던데 핫도그 때문이었구나! 오늘의 인기템은 핫도그였군. 다른 사람들 식판을 흘끗 보았던 기억을 더듬어보니, 접시에 담겨 있던 게 못난이 핫도그가 아니라 그냥 핫도그였던 것 같다. "응, 그런 거 같던데." 하니 그녀의 얼굴에 실망이 가득 찬다. "속보야, 속보! 구내식당 핫도

그 못난이가 아니라 그냥 핫도그래!" 호들갑스레 동료들에게 소식을 전하는 그녀. 나의 또 다른 구내식당 메이트들도 실망하는 기색이 역력하다. "아니, 못난이 핫도그가 아닌 게 그렇게 실망할 만한 일이야? 못난이 핫도그가 그냥 핫도그보다 더 맛있어?" 궁금증을 참지 못해 물어보았더니 커다란 눈망울을 한 또 다른 구내식당 메이트가 이렇게 말한다. "그럼요. 감자가 중요해요."

음…. 못난이 핫도그가 그냥 핫도그보다 더 인기가 있구나. 처음 알았다. 감자가 덕지덕지 붙어 표면이 울퉁불퉁한 못난이 핫도그는 어쩐지 족보가 없는 깃처럼 느껴지는데…. 내게 핫도그의 이데아는 언제나 내가 '국민학생'이던 1980년대 중·후반 학교 앞에서 팔았던 50원짜리 핫도그다. 싸구려 나무젓가락에 싸구려 소시지를 꽂고, 낡은 목장갑 낀 주인아저씨가 빵 반죽 휘휘 감아 몇 번은 재활용했을 것이 분명한 기름에 두툼하게 튀겨주던 그 핫도그. 머스터드 소스 같은 건 존재하지 않던 시절이라 빨간 케첩만 뿌려주었는데 밀가루 반죽의 단맛과 케첩의 시큼한 맛이 묘하게 어우러져 먹어도 먹어도, 또 먹고 싶었다.

그 맛이 워낙 강렬했기 때문에 지금도 '군것질'이라는 단어를 들으면 그 핫도그 맛이 떠오른다. 어른들은 이해하지 못하는 싸구려 감성의 맛. 적고 보니 그게 바로 '초딩 입맛'이네.

다음 날, 결국 동네 편의점에 들렀다. 새로 생긴 튀김 코너를 애정하는데, 이날은 항상 먹던 닭다리 튀김이 아니라 체더치즈 핫찰도그를 골랐다. 찰기가 있는 끈적한 반죽에 체더치즈가 송송. 내가 생각하는 핫도그의 이데아에 가장 가까울 것 같아 시켜보았지만, 아… 이 맛이 아니야. 좀 더 불량식품 같아야 하는데. 실망하면서도 내려놓지 않고 끝까지 다 먹었다. 다이어트하겠다고 구내식당에서 저녁 먹으면 뭐 하나. 핫도그 이야기에 솔깃해 군침 흘리다 결국 사 먹고 마는데.

오늘 섭취한 칼로리는 대체 얼마? 이럴 거면 먹기 싫은 오징어 소면 말고, 그냥 산채비빔밥 먹을걸…. 오늘도 후회하는 아가리어터입니다.

구내식당에서 울다

구내식당 메뉴 사진을 거의 매일 인스타그램에 올리며 깨달은 것이 있다면, 사람들이 의외로 남이 뭘 먹는지를 궁금해한다는 점이었다. 외부에서 식사를 하거나 해서 구내식당 메뉴 사진이 없는 날엔, 꼭 댓글이 달린다.

— 오늘은 왜 구내식당 사진이 없나요?
— 오늘은 뭘 드셨는지 궁금하네요.

비싸고 화려한 레스토랑서 먹은 것도 아니고 식판에 담겨 있는 단체 급식 메뉴가 왜 궁금할까 싶지만, 의외로 사람들이 정말로 알고 싶은 건 타인의 특별한 이벤트라기보다 평범한 일상인지도 모른다. 미슐랭 레스토랑엔 모두가 갈 수 있는 게 아니지만 밥, 국, 반찬으로 구성된 매일의 밥상은 누구에게나 있다. 너와 내가 받는 그 밥상의 구성은 어떻게 같고 다른가. 특등급 한우 불고기냐 호주산 소를 쓴 불고기냐 정도의 차이는 있겠지만 결과적으로는 큰 차이가 나지 않는다는 사실이 타인에 대한 비교가 넘쳐나는 SNS 세상에서 안도감을 주는 것인지도.

사실 구내식당의 세계는 무척 다양하고, 회사별 격차도 분명 존재한다. 내가 느끼기에 특히 구내식당 복지가 좋은 곳은 젊은 개발자들이 많은 판교의 IT 기업들. 그중 한 곳에 다니는 딸을 둔 한 취재원은 우리 구내식당 메뉴 사진을 보더니 이렇게 말했다.

"우리 애 회사에 비해 반찬이 너무 없는데?"

인생, 위만 올려다보며 부러워하자면 한도 끝도 없다. 최근 내가 읽은 기사에 따르면 한 대기업에선 월급날을 맞아 전복 트러플 파스타와 장어 한 마리 덮밥 등 여섯 가지 특식 메뉴를 제공했다고 한다. 이 기업에서는 식빵 전문점이나 에그타르트 전문점 같은 유명 맛집과 세휴한 특식도 종종 선보인다고. 구내식당에 요리사가 즉석에서 요리해주는 코너를 마련해놓은 기업도 있고, 속초 명물인 만석 닭강정 같은 전국 특산품을 직원들에게 맛보도록 하는 기업도 있다.

그렇지만 그들의 밥은 그들의 밥일 뿐, 그들의 직장이 내 직장이 될 수는 없는 법. 구내식당의 미덕은 굳이 밖에 나가 식당 찾아 헤매면서 비싼 돈 쓸 필요 없이 회사 내에서 간편하게 저렴한 가격으로 끼니를 해결할 수 있다는 것이니 어느 정도 수준만 되면 만족해야 한다고, 제법 순종적인 회사원인 나는 생각한다.

얼마 전 친구들과 만난 자리에서 각자 직장의 구내식당에 대해 이야기를 나눴다. 흥미로운 이야기가 많았는데, 지방 소도시에서 근무하는 공무원인 친구 A의 직장 구내식당은 금요일 저녁엔 식사를 제공하지 않는다고 했다. 지역 순환근무를 하는 사람들 비율이 높아 주말부부가 많으므로, 금요일 저녁엔 대부분 각자의 가족을 만나러 다른 지역으로 가는지라 구내식당에서 식사를 하는 사람들이 그다지 많지 않기 때문이라고.

우리 회사는 언론사라 공휴일도 배식을 하고 금요일 저녁도 당연히 주지만, 금요일 저녁엔 약속 있는 사람들이 많아서인지 메뉴가 한 가지뿐이다. 그래서 토요일 자 책 소개 지면 마감을 위해 보통 금요일 저녁을 구내식당에서 해결하는 나는, 금요일이면 〈구내식당에서 울다〉라는 제목의 웹툰 속 주인공이 된 것만 같은 쓸쓸한 심정이 드는데….

한정적인 메뉴 이야기가 나온 걸 계기로 각자의 구내식당에서 가장 싫어하는 메뉴를 말하기 시작했다. 문화·예술 계통 일을 하는 친구 B는 잠시 고민하더니 "음…. 나는 코다리 조림."이라고 했다. "왜? 왜 코다리 조림이 싫은 거야?"라고 물었더니, 싱싱한 생선을 쓰지 않아서인지 코다리 조림만 나오면 그렇게 맛이 없다고. 곰곰이 생각해보니 코다리 조림이야말로 전형적인 구내식당 메뉴인 것 같다. 코다리 조림이라는 메뉴를 처음 접한 것도 구내식당이고, 굳이 코다리 조림을 사 먹어본 적 자체가 없기 때문에 구내식당이 아니면 먹을 일이 없는 음식인 것. 그런데 코다리라는 생선은 대체 뭐야? 이제서야 찾아보니 내장을 뺀 명태를 반건조한 거라고. 그러면 결국 명태인 거네? 북어, 노가리, 동태, 황태… 명태를 가리키는 단어가 우리말엔 참 많구나.

A는 구내식당 메뉴 중 가장 맛없는 것으로 중식을 들었다. 중식이라고 나오는 것들이 흉내만 냈을 뿐 맛이 없다는 것이다. 우리 회사 구내식당의 경우엔 그나마 중식이 나은 편. 중식은 볶고 튀기는 요리가 많은지라 불만 잘 쓰면 맛이 없기도 어려울 것 같

은데 그것도 구내식당마다 편차가 있는 모양이다.

그나저나 내가 구내식당에서 제일 싫어하는 음식은 국물이 빨간 육개장이나 감자탕, 그리고 찌개류. 고춧가루 들어간 빨간 국물을 싫어하는 데다가 구내식당에서 나오는 국물류 음식엔 건더기가 풍부하지 않다. 무엇보다도 내용물이 이것저것 섞여서 각각의 고유한 맛도 형태도 알아보기 힘든 그 잡스러운 모습을 보고 있자면, 조직의 부품으로 무미(無味)한 존재가 되어가는 회사원 인생과 다를 바 없다는 생각이 들어 입안이 쓰다.

그렇지만, 하기 싫은 임무라도 완수해야 하는 것이 직장인의 의무이듯, 먹기 싫은 메뉴라도 욱여넣어야만 할 때가 있는 곳이 구내식당이다. 어쨌든 이곳은 일을 해내기 위해 급히 연료를 주입하려는 이들을 위한 공간이니까. 마감 앞에선 각자의 식성도 무화(無化)되고, 맛을 따지는 일 따위는 사치로 여겨진다. 그것이 곧 직장인의 숙명. 그래서 나는 오늘도, 구내식당에서 운다.

칸막이, 그 이후

마침내 구내식당에서 칸막이가 사라졌다. 시원섭섭했다. '시원섭섭하다'라는 단어 뜻을 사전에서 찾아보니 이러했다. "한편으로는 답답한 마음이 풀리어 흐뭇하고 가뿐하나 다른 한편으로는 섭섭하다." 내 심경을 표현하기에 더없이 적확한 말이라는 생각이 들었다.

　　대학교 때 교양 수업시간에 배운 '르 모 쥐스트(le mot juste)'라는 용어가 떠올랐다. 19세기 프랑스 작가 귀스타브 플로베르는 "어떤 상황이나 사물을 표현하는 데는 딱 한 단어만 적합하다."면서 작가는 그 적합한 단어를 찾기 위해 스스로를 부단히 몰아붙여야 한다고 했단다. 우리말로 풀이하자면 '일물일어설(一物一語說)'. 딱 맞는 단어를 찾으려고 나 자신을 몰아붙인 것은 아니지만, 구내식당 식탁 위에서 마침내 칸막이가 사라진 걸 처음 발견했을 때, 시원섭섭했다. 그 말 이외에는 다른 표현이 생각나지 않았다. 시원한 것은 칸막이 때문에 시야가 가리고 자리가 좁았던 불편함이 해소되었기 때문이고, 섭섭한 것은 익숙한 무언가가 사라졌을 때 어색함과 함께 자연스레 찾아드는 그런 감정이었다.

직장인들의 대나무숲인 '블라인드'에 우리 회사 구내식당 칸막이 관련 글이 올라온 건 2024년 봄이었다. "식당 칸막이 치워주세요. 체험학습(?) 온 초등학생들이 식판 들고 식탁에 앉더니 깜짝 놀라네요. '칸막이 개더러워⋯.'라고 하면서." "칸막이를 계속 놔두는 건 좋은데 그럴 거면 테이블이랑 바닥 청소하듯 칸막이도 깨끗이 닦아서 유지를 해줘야 하는 것 아닌지⋯. 그거 못할 거면 치우는 게 오히려 더 위생적이죠." 칸막이가 있어 갑갑하고, 구성원 간 소통에 방해가 된다는 생각은 했지만, 더럽고 비위생적이라는 생각은 못했는데⋯. 사람들마다 사물과 상황을 보는 방식이 성말 다르구나, 생각하며 댓글을 읽었다. 한편으로는 생각했다. 노보에 기고해 공식적으로 회사에 요구하는 편이 더 효과가 좋지 않을까? 익명의 의견에 불과한 블라인드 글에 과연 회사가 반응할까?

그리고 며칠 후, 구내식당에서 칸막이가 사라졌다. 이렇게 빨리? 회사의 반응만큼 블라인드 유저들의 반응도 빨랐다. "바로 치우네!" "보긴 보나 봄." 등의 댓글이 연이어 달렸다. 아, 블라인드에 쓰는 것이 공식적으로 요구하는 것보다 훨씬 효과가 좋구나! 역시 디지털 인류는 다르구나!

구내식당 테이블 위 칸막이는 2020년 코로나바이러스 팬데믹과 함께 등장했다. 감염을 막기 위해 정부가 전 국민에게 거리두기 지침을 내렸던 시절, 일반 식당뿐 아니라 구내식당에도 투명 플라스틱 칸막이가 등장했다. 칸막이는 분명 편리했다. 서로가 서로와 멀어지는 데 합리적인 거리를 제공했다. 어차피 동료와 함께 구내식당에 가더라도 나란히 혹은 마주보며 앉아 밥을 먹을 순 없으니 거리를 둬야 하는데, 칸막이가 있으니 일정하게 구획지어진 어느 곳에 자기 식판을 들고 쏙 들어가 앉아버리면 끝이었다.

신문사에선 아무리 연차가 높아져도 한 기수라도 선배가 후배에게 밥을 사는 것이 관례라서, 후배와 당직하게 되면 선배가 저녁을 사주는 것이 오랜 전통이었다. 코로나는 그 전통을 삽시간에 망가뜨렸다. 함께 당직하는 후배에게 "따로 먹자."고 말하곤 혼자 구내식당으로 향하는 계단을 내려갔던 2020년

3월의 밤이 생생하게 기억난다. 바람은 보드라워지기 시작했다. 봄이 오는 기척이 느껴졌다. 그렇지만 마음은 여전히 얼음이었다. 한 인간이 다른 인간을 감염원으로 인식하기 시작하면서, 서로의 마음 간 거리는 명확히 멀어진 채였다.

팬데믹 전의 구내식당은 어떤 공간이었던가? 뉴노멀의 시대가 모든 것을 앗아가버려서, 솔직히 그전 풍경이 명확하게 기억나지는 않는다. 추억은 그저 희미하다.

구내식당에 가면 언제든 아는 사람이 있었다. 많이 친하지 않더라도 그의 앞자리가 비어 있으면, 으레 식판을 들고 그 앞으로 가 앉았다. 그것이 상대가 '혼밥'하지 않도록 하는 배려이자 예의였다. 절대로 함께 밥 먹고 싶지 않은 사람을 목격했을 때면 멀찌감치 도망가기도 했지만, 웬만하면 안면 있는 사람들끼린 함께 밥을 먹었다. 밥을 먹으면서는 주로 주변에 나도는 소문, 인사 정보, 동료들의 애경사를 함께 나누고, 회사에 대한 건전한 비판과 시시콜콜한 불만 같은 것을 털어놓곤 했다. 그래서 구내식당에서 한 끼를 먹을 때마다 이야기 주제도 다양해지고 정보량도 늘어났다. 동료들과 무심코 나눈 대화에서 기삿거리를 찾을 때도 있었다.

　　그러나 모든 것이 달라졌다, 코로나 이후부터. 나란히 구내식당을 향해 가더라도 굳이 함께 앉지 않았다. 함께 앉더라도 소용이 없었다. 우리 사이엔 칸막이가 있었고, 목소리는 좀처럼 그 칸막이를 넘어가기 힘들었다. 칸막이의 방음 기능이 의외로 무척 뛰어나서, 제대로 된 이야기를 하려면 틈새로 얼굴을 들이밀고 고래고래 소리를 질러야 했다. 제대로 된 대화가 이루어질 리 없었다. 밀담 시도는 매번 실패로 끝났다.

　　역병이 창궐하기 전엔 마감 끝나고 배가 출출해질 무렵이면 "구내식당?"이라고 문자를 보내오는 사람들이 있었다. 엘리베이터 앞이나 로비에서 만나 함께 식당으로 향했다. 구내식당 메뉴는 항상 특별할 것 없지만, 말 그대로 '한솥밥'을 먹고 있다는 동질감이 연대감을 더욱 굳건히 했다. 식사는 언제나 짧았지만, 그 시간만으로도 교류는 충분했다.

　　이제는 저녁시간이 되어도 아무도 그런 문자를

보내오지 않는다. 사람과 사람을 이어주던 구내식당의 기능은 전염병의 습격과 함께 잊혀졌고, 서서히 과거의 유산이 되어가고 있다. 구내식당에서 아는 사람을 발견해도 굳이 곁에 가 앉지 않고 각자의 자리에서 각자 밥을 먹는 것. 이 뉴노멀은 칸막이가 사라져도 여전히 건재하다.

눈물은 내려가고 숟가락은 올라가고

구내식당에서 저녁을 먹고 있는데 전화벨이 울렸다. 휴대전화에 '이모'라는 발신인 표시가 떴다. 심장이 덜컥 내려앉았다. 외할머니가 위독한 지 일주일째였다. 전화를 받자 예감했던 말이 날아왔다.

"할머니, 가셨다."

주변을 둘러싼 풍경이 360도 회전하기 시작했다. 눈물이 고여 온통 어른거렸다. 동생에게 전화를 걸어 부음을 전했다. 온몸의 힘이 쭉 빠졌다. 혼란과 슬픔 속에서 잠시 멍하니 있다가, 다시 숟가락을 들었다. 기계적으로 숟가락을 들어 입에 밥을 욱여넣었다. 슬픔을 버티려면 어쨌든 먹어야만 한다는 걸 그간의 경험으로 알고 있었다. 뺨을 타고 눈물이 끊임없이 흘러내렸다. '눈물은 내려가고 숟가락은 올라간다.'는 이북 속담이 떠올랐다.

외할머니는 6월의 어느 화요일에 세상을 떠났다. 그와 내가 함께했던 세계, 우리 둘만이 아는 세계도 통째로 사라졌다. 나는 오랫동안 외할머니를 세상에서 가장 사랑했다. 동생을 가져 몸이 힘들었던 엄마는 두 돌 무렵의 나를 거제도의 외가에 맡겼

고, 세상 누구도 모르는 할머니와 나 둘만의 이야기
가 그때부터 시작되었다.

그 시절을 생각하면 외가의 하얀 대문, 외할아
버지가 마당에서 키웠던 닭, 아침마다 찾아오던 청
소차, 마스크를 쓴 청소부, "울면 청소부 아저씨가
잡아간다."는 외할아버지의 말에 허겁지겁 소파 밑
으로 숨던 나, 현관 근처에서 할머니의 등에 업혀 할
머니가 불러주는 〈고향의 봄〉과 〈새야 새야 파랑새
야〉 같은 노래를 듣던 것…. 그런 풍경들이 떠오른
다. 그 시절의 나는 항상 엄마가 그리워 눈물범벅이
었지만, 돌이켜보면 엄마와 떨어져 있었던 덕에 외
할머니라는 평생의 원군을 얻을 수 있었다. 할머니
는 네 명의 손주들 중 하나밖에 없는 손녀인 나를 가
장 예뻐했다. 아마도 당신이 직접 기른 유일한 아이
였기 때문이리라.

나도 할머니가 좋았다. 엄마는 동생과 나눠 가
져야 했지만 할머니는 온전히 내 거였으니까. 할머
니는 내게 "나는 세상에서 네가 제일 좋다."고 말해
준 최초의 사람이었다. 예닐곱 살 무렵의 나는 '나를
세상에서 가장 사랑해주는 사람인 할머니가 돌아가

시면 나는 어떡하지?'라는 걱정으로 이불 속에서 몰래 울다 잠드는 아이였다. 돌이켜보면 그때 할머니는 고작 오십대 후반이었는데도 '할머니'라는 호칭만으로 내겐 이 세상에서 함께할 날이 얼마 남지 않은 사람으로 여겨졌다.

열 살 무렵 외가에 놀러 갔을 때, 엄마가 동생을 데리고 잠시 외출한 사이 할머니는 내게 물었다. "나는 세상에서 아람이가 가장 좋은데, 아람이는 세상에서 누가 가장 좋아?" 그때 "할머니!"라고 답하면 어쩐지 엄마를 배신하는 것 같아 답을 얼버무렸는데, 아마도 할머니는 조금 서운했을까? 할머니를 잃을까 봐 조바심 내던 어린아이가 40여 년 후 마침내 할머니를 잃었을 때, 상상 속에서 수없이 반복했지만 영원히 오지 않기를 바랐던 그날이 드디어 도래했을 때, 그 고통은 차마 말로 설명하기 힘들다.

친할머니를, 친할아버지를, 외할아버지를 보내보았지만 그때와는 비할 수 없는 슬픔이 몰아닥쳤다. 그분들에게 나는 여러 손주 중 하나일 뿐이었지만, 외할머니에게는 아니었다. 애써 눈물을 참으며 휴가를 내고, 회사를 나서는 순간부터 엉엉 울며 귀가했다. 아흔다섯이셨고 딱히 지병 없이 노환으로 숨을 거두셨으니 흔히 말하는 호상이었지만, 내게는 조금 전까지 세상에 있던 할머니가 더 이상 없는 사람이라는 사실이 너무 슬펐다. "할머니!"라는 내 어리광 섞인 부름에 이제 누가 대답해준단 말인가. "호상이면 덜 슬플 것 같지만, 자손 입장에선 오래 함께 했기 때문에 그만큼 더 슬픈 법이래." 친구의 이 말이 작은 위로가 되어주었다.

나는 임종을 앞둔 할머니가 알아본 유일한 가족이었다. 위독하시다는 소식을 듣고 요양병원에 전화를 걸어 면회를 신청한 후, 금요일 저녁 기차를 잡아타고 할머니가 계신 부산으로 내려갔다. 다음 날 만난 할머니는 산소호흡기를 쓰고 가쁜 숨을 쉬고 계셨지만, 내 얼굴을 보고 만면에 미소를 지으셨다. "알아보시네! 얼굴에 감정이…." 곁에 있던 간호사가 탄성을 내질렀다. 엄마도, 이모도, 사촌 오빠도 알아보지 못했다고 해서 내 얼굴도 못 알아보실 걸 각오하고 할머니가 나를 돌보던 무렵인 어릴 때 사진까지 찾아서 들고 갔는데, 그 걱정이 무색해지는 순간이었다. "아람이가 누고? 이 할머니 말끝마다 '우리 아람이가' '우리 아람이가' 하던데." 우리 할머니와 같은 방을 쓰셨던 할머니 한 분이 지나가며 말씀하셨다.

장례를 치르는 동안은 울 틈이 없었다. "수의에 눈물이 묻으면 고인이 뒤돌아본다는 말이 있습니다. 너무 많이 울지 마시고 편하게 보내주세요." 상조회사 직원이 그렇게 말하기도 했고, 엄마를 잃은 엄마 앞에서 차마 슬픔을 내보일 수 없기도 했다. 나는 장례가 끝날 때까지 슬픔을 미뤄두었다.

할머니를 묻은 다음 날이 마침 여름 휴가의 시작이었다. 설레는 마음으로 준비한 여름 휴가가 할머니를 보낸 직후 떠나는 애도 여행이 될 줄은 정말 몰랐는데. 아무것도 하지 않아도 되는 휴양형 리조트를 선택한 두 달 전의 나를 칭찬하면서 쓰러지듯 태국행 비행기에 몸을 실었다.

더위에는 슬픔을 눅이는 힘이 있다. 슬픔을 옅어지게 한다는 말이 아니다. 방황하듯 혈관을 흐르던 슬픔의 입자를 데워, 꽁꽁 잠겨 있던 밸브를 열어

젖히고 증기처럼 공기 중으로 뿜어낸다. 마땅히 느꼈어야 하는데 그간 억누르고 있던 슬픔은 더운 손길에 길들여져 외부의 적에서 내면의 일부가 된다. 수완나품 공항에 도착해 예약해놓은 차량을 타고 다시 한 시간 반을 달려 파타야의 숙소로 왔다. 열린 공간인 로비에 앉아 체크인을 기다렸다. 더워서 힘들 줄 알았는데 느긋하게 데워진 대기가 오히려 위로가 되었다. 열대야로 한반도를 할퀴는 족보 없는 더위와는 결이 다른, 오래된 여름 나라의 품위 있는 더위였다.

만실이어서 체크인이 몹시 늦어졌다. 쾌활한 남자 직원이 미안하다며 바다가 보이는 인피니티풀로 안내하더니, 무알콜 칵테일을 한 잔 사주었다. 아버지가 게이 아들을 반기지 않아 무작정 LA로 떠나 살다 왔다는 그의 수다스러움 덕에 기분이 좀 나아졌다. 며칠 전 할머니가 돌아가셨다고, 할머니를 묻고 여기에 왔다고, 그래서 무척 슬프다고 했더니 그는 당황하며 위로의 말을 꺼냈다.

"할머니는 땅에 묻혔지만 네가 할머니를 기억

하는 한, 네 마음속에 영원히 살아 있어."

눈물은 한 번 터지면 고장난 수도꼭지처럼 콸콸 쏟아진다. 한적한 수영장 베드에 기대어 울고, 저녁을 먹으면서 울고, 길을 걸어가다가 울었다. 밤에는 예약해둔 마사지를 받으러 갔다. 사전 설문조사를 하는데 '지금 당신의 상태는?'이라는 질문에 이런 객관식 답안들이 있었다. Sadness(슬픔), Grief(비통), Depression(우울함)…. 그 셋에 모두 체크하면서 나는 또 울었다. 현재 상태를 자세히 묘사해 달라는 주관식 질문에 "화요일에 할머니가 돌아가셔서 너무 슬프다."라고 적으면서.

엎드려 마사지를 받았다. 오일은 달콤하고 마사지사의 손길은 나긋한데, 얼굴을 묻은 마사지 베드의 구멍 아래로 소나기처럼 내 눈물이 툭툭 떨어져 바닥을 적셨다. 너무 울어서 코가 막혔다. 그녀는 어쩔 줄 몰라 하며 서툰 영어로 말했다. "우리 엄마도 작년에 돌아가셨어. 네가 우니까 나도 너무 슬프다…."

4박 5일의 휴가는 분명히 비일상이었다. 하지만 먹어야 산다는 사실만은 일상과 다를 바 없었다. 머리가 지끈대고 귀가 먹먹할 정도로 울면서도 나는 아주 잘 먹었다. 가슴에 커다란 구멍이 뚫리고, 그 구멍 깊숙한 곳에 우물이 있는데, 두레박으로 아무리 희망을 퍼내려 해도 힘이 달려 자꾸만 아래로 툭 떨어져버리는 것 같은 느낌이었지만, 그래도 먹었다. 미리 세워둔 여러 계획을 모두 포기했다. 리조트에 틀어박혀 아무 데도 가지 않았다. 오직 먹고, 울고, 자고 일어나 다시 먹고, 울고, 잠드는 일의 반복이었다. 호텔 조식을 먹기 위해 일정한 시간에 일어났고, 기운이 없어도 옷을 길아입고 식당으로 나섰다.

그곳에서 뭘 먹었던가. 아침엔 태국식 오믈렛, 에그 베네딕트, 팬케이크, 쌀국수, 꼬치구이, 생크림 얹은 와플, 진한 녹차라테에 달콤한 푸딩, 과일 등으로 이어지는 거나한 뷔페. 점심은 객실 미니 바에 마련된 과자와 음료 등으로 대충 때웠지만, 저녁엔 바다가 보이는 풀장의 베드에 누워 해가 지는 걸 보며 코코넛 주스를 마시다가 게살볶음밥이나 햄버거, 커다란 새우가 들어간 팟타이를 시켜 먹었다. 밥을 먹고 나면 울었지만, 울고 나서 또 먹었다. 나중에는 울 에너지를 비축하기 위해 먹는 것 같은 기분마저 들었다.

간간이 태국행 비행기에서 들었던 015B의 노래 〈이젠 안녕〉을 되풀이해 들었다.

"안녕은 영원한 헤어짐은 아니겠지요. 다시 만나기 위한 약속일 거야. 함께했던 시간은 이젠 추억으로 남기고 서로 가야 할 길 찾아서 떠나야 해요."

노래의 후렴구를 따라 부를 때마다 비행기 안에서 그랬던 것처럼 눈물이 쏟아졌다. 할머니, 우리 지금은 이렇게 슬프게 헤어지지만, 언젠가 또 다른 곳에서 웃으며 다시 만나….

눈물 섞인 숟가락은 항상 필요 이상으로 짭조름했다. 숟가락을 입으로 밀어 넣을 때마다 할머니의 부음을 들었던 구내식당에서의 그 순간이 계속 생각났다. 울면서도 동태찌개를 떠 먹고, 메추리알 곤약조림, 죽순 들깨 볶음, 청경채 겉절이 같은 반찬을 젓가락으로 집어 꾸역꾸역 삼켰던 나….

휴가를 마치고 일상으로 복귀한 이후에도 구내

식당에서 억지로 입안으로 음식을 밀어 넣던 그 순간의 잔영이 오래도록 나를 사로잡았다. 마감을 끝내고 구내식당에 앉아 숟가락을 집어들 때면 주위의 풍경이 온통 눈물에 젖어 아른거리던 그날의 기억이 떠올라 콧날이 시큰해지곤 했다.

할머니의 별세 소식을 들은 건 내가 구내식당에서 겪은 가장 슬픈 일이었다. 그러나 울먹이면서도 수저를 억지로 입에 욱여넣은 게 어디 그때뿐이었던가. 식사라는 일상의 루틴에는 자주 슬픔이 끼어든다. 때로 그 슬픔은 소중한 이와의 이별처럼 차마 버티기 힘든 것이지만, 산 사람은 살아야 하기 때문에 그래노 숟가락은 사꾸만 올라가고 시소를 타듯 눈물은 아래로 달음질친다.

노벨문학상 발표 날 우리는 1

이 책을 쓰기 시작하면서 담당 편집자가 기획의 도에 걸맞은 원고로 여러 번 언급한 예시는 "노벨문학상 수상자 발표 날 문화부 기자들이 발표를 앞두고 회사 구내식당에서 밥을 먹으며 나누는 이야기랄까, 그때의 풍경 같은 것."이었다. 그가 왜 그런 말을 하는지는 짐작할 수 있었다.

신문기자로서의 일을 다룬 졸저 『쓰는 직업』에서 독자들이 가장 재미있어한 원고는 다름 아닌 노벨문학상 발표 날 기자들이 어떻게 기사를 쓰고 지면을 만드느냐 하는 것이었으니까. 그 상황에 매몰돼 있는 당사자로서는 도무지 이해가 안 되지만, 매해 노벨문학상 발표일마다 소셜미디어에 그날 저녁의 일을 적으면 팔로워들의 반응이 뜨겁다. 기자들은 종일 아무 정보도 없이 수상자가 누구일지 예측만 하다가, 우리나라 시간으로 오후 8시에 발표를 듣고 한 시간 만에 기사를 마감한다. 남들이 보기에 불가능한 이 일을 일사분란한 협업을 통해 해내는 모습이 신기하고 아름다워서인지, 아니면 그야말로 '멘붕' 상태에서 소위 '맨땅에 헤딩'하며 허둥지둥하는 내 모습이 짠하고 웃겨서인지 모르겠지만….

아무튼 매년 노벨문학상 수상자 지면을 만들고 나면, 드라마 〈태양의 후예〉의 대사가 절로 생각나곤 했다.

"그 어려운 걸 자꾸 해냅니다, 내가."

그렇지만 안타깝게도, 그렇게 큰일을 앞둔 기자들이 구내식당에서 옹기종기 모여 함께 저녁을 먹는 일은 좀처럼 없다. 왜냐하면, 큰 시합을 앞둔 선수들에게 구내식당 공짜 밥 먹이며 일하라고 하는 감독은 웬만하면 없기 때문이다. 잘 먹어야 힘이 나니까, 보통 부장의 진두지휘하에 구내식당 수준으로 자주 들르는 회사 앞 식당에서 난제 회식을 한다.

평소 문화부 기자들은 좀처럼 협업하는 일이 없다. 문학이면 문학, 클래식이면 클래식, 미술이면 미술, 영화면 영화…. 각자 담당 분야를 커버하며 독립적으로 일한다. 이 모든 기자들이 똘똘 뭉쳐 사력을 다하며 협업하는 날이 1년에 딱 한 번, 매년 10월 둘째주 목요일인 노벨문학상 수상자 발표일이다. 앞서 말했듯 스웨덴 한림원이 수상자를 발표하는 건 오후 8시, 수도권 외 지역에 배달되는 신문 지방판 마감은 오후 9시. 8시부터 '요이~ 땅' 해서 한 시간 안에 비어 있는 지면을 채울 기사를 작성해야 하는데 문학 담당 기자 혼자의 힘으로는 도저히 불가능하기 때문이다.

문학 담당 기자는 팩트에만 근거한 수상자 발표 뉴스, 즉 "○○(나라) 작가 ○○가 ○○년 노벨문학상 수상자로 선정됐다."로 시작하는 정보 제공 위주의 스트레이트 기사와 수상자의 작품세계에 대한 해설 기사를 쓴다. 아무 자료 없이 해설 기사를 쓰는 건 불가능하기 때문에 동료들이 외신, 논문 사이트 등을 뒤져 자료를 찾아 문학 담당에게 넘겨준다. 수상자 연보를 만드는 일도 동료들이 나눠서 하고, 국내 번역서 표지 사진을 찾고 간단한 내용을 정리하는 리스트를 만드는 일 등도 분담한다.

노벨문학상 관련 지면에 으레 들어가는 전문가 기고는 예상 후보별로 미리 의뢰해 원고를 받아놓는다. 문화부 데이터베이스에는 수년째 쌓여 있는 전문가 기고문이 여러 건 있는데, 이는 매년 수상 후보들이 바뀌면서 업데이트된다.

'문화부 장날'이라 불리는 노벨문학상 수상자

발표일엔 문화부원 전원이 사무실에 남아 야근을 하는 것이 관례였다. 하지만 코로나 시기 재택근무가 보편화되면서 문학 담당, 문학과 친연성이 깊은 출판 담당, 그날 당직자 등만 사무실에 나오고, 그 외 인원들은 집에서 소위 '컴 앞 대기'를 하고 있는 추세다.

여하튼 2024년 10월 10일, 운명의 그날에 출판팀장인 나는 사무실에 (당연히) 나와 있었다. 해마다 노벨문학상 수상자 발표일이면 나는 한국인도 아니고, 문학 애호가도 아니고, 그냥 회사원인데 직업이 기자일 뿐이라는 생각만 든다. 노벨문학상 관련 기사를 쓰는 일은 그저 나의 업무인데, 그것도 아주 고난도의 업무일 뿐…. 한국 사람이 상을 받았으면 하는 생각도, 내가 좋아하는 작가가 상을 받았으면 좋겠다는 생각도 들지 않는다. 그냥 8시 발표 이후 9시 마감 전까지 지면을 막기 쉬운 작가, 즉 신문기자 입장에서 '마감 맞춤형 작가'가 받았으면 좋겠다는 생각만 있다.

그렇다면 '마감 맞춤형 작가'란 누구인가. 국내에 번역본이 있어 문학 애호가들 사이에서는 적당히 알려져 있는데, 대중적으로는 너무 유명하지 않으면서, 우리가 미리 의뢰해 받아놓은 외부 기고가 있는 작가다. 이를테면 2022년 노벨상을 받은 아니 에르노 같은 작가가 기자들 입장에서는 일하기가 제일 쉽다.

너무 유명한 작가가 노벨문학상을 수상하면 전 국민의 관심사가 되므로 힘들다. 뉴스 가치가 커지므로 관련 기사에 지면이 많이 배정되는데, 이는 담당 기자가 채워 넣어야 할 콘텐츠가 늘어난다는 의미다. 지면을 '펼치기' 시작하면('지면을 펼치다'라는 말은 한 사안에 여러 건의 기사를 배정한다는 뜻이다.) 각 언론사별로 '무(無)에서 유(有)를 창조해야 하는 상황에서 누가누가 지면을 잘 만드나' 경쟁이 시작된다. 디지털 시대가 왔다고는 하지만 아직도 신문사 간 경쟁의 본질은 지면 제작에 있다. 다음 날 아침 신문을 펼쳤을 때 타사와 비교해 내가 만든 지면이 어떨 것인가. 그 질문의 무게, 그로부터 비롯하는 공포가 조간신문 기자가 일하는 동력이기도 하다.

그렇다고 해서 대중에 아예 알려지지 않은 작가가 수상하는 편이 일하기 쉬운 것도 아니다. 문학을

전공하는 소수의 학자 외엔 아무도 모르고, 국내 소개된 작품도 없는 작가의 경우 자료가 없으므로 한 시간 내에 기사를 쓰기가 쉽지 않다. 2021년 노벨문학상 수상자인 탄자니아 출신 작가 압둘라자크 구르나가 대표적인 예다.

코로나 사태의 한가운데에 있었던 2021년 노벨문학상 수상자 발표일에 나는 재택근무를 하며 '언제 회사의 호출이 있으려나.' 대기하고 있었는데, 아무도 나를 찾지 않았다. 당시 지면을 찾아보니 해외문학 담당 기자가 종합 2면에 스트레이트 기사를 쓰고 국내 문학 담당 기자가 문화면에 구르나의 작품 세계 기사를 쓰는 정도로 해결(?)했는데, 그 과정이 얼마나 지난했을지는 문화부 기자들만 안다. 다음 날 아침 타지(他紙)를 보니 다들 반쯤 포기하며 고군분투한 흔적이 역력했다.

국내 모든 문화부 기자들, 특히 문학·출판 담당 기자들이라면 아마도 평생 영원히 잊지 못할 2024년 10월 10일, 밤 7시 59분 59초까지만 해도 개인의 호오와는 관계없이 업무량의 측면에서 가장 두려웠던 수상자 후보는 무라카미 하루키였다.

모르는 사람이 없고, 열성 팬도 많고, 국내 번역본도 많으며, 해마다 후보로 오르내리긴 하지만 그냥 대중 작가냐 문학적인 성취가 있는 작가냐를 놓고 논란도 많아 그가 과연 노벨상을 받는지는 늘 초미의 관심사였다. 하루키가 수상하면 종합 1면부터 시작해 여러 개의 지면을 메워야 할 게 뻔했다. 게다가 바로 전해인 2023년에는 노르웨이 극작가 욘 포세, 2022년에는 프랑스 소설가 아니 에르노, 2021년에는 압둘라자크 구르나, 2020년에는 미국 시인 루이즈 글릭…. 이런 흐름으로 보아 올해는 비서구권 작가가 받을 확률이 높았다.

욘 포세가 남성이니 이번에는 여성 작가가 받을 확률이 높다는 이유로 '중국의 카프카'인 찬쉐가 도박 사이트에서 수상 후보 1위로 점쳐지고 있었다. 그렇게만 되면 기자들 입장에선 일하기가 쉽겠지만 그간 경험으로 보면 도박 사이트에서 1위로 꼽은 작가가 수상하는 경우는 많지 않았다. 예측할 수 없는 큰 사건을 앞뒀을 때, 기자들은 여러 플랜을 마련한다. 그날도 하루키가 수상할 경우에 대비한 지면안이 아침부터 준비돼 있었고, 나는 그의 작품세계에 관련된 기사를 맡으라는 지시까지 받은 참이었다.

그날의 야근자들이 '회식용 구내식당'이라고도 할 수 있는 회사 근처 중화요릿집에 모여 앉은 건 저녁 6시 30분 정도였다. 한 시간 반 후 과연 어떤 상황이 벌어질지 아무도 알 수 없었기 때문에 탕수육과 공바오요우위를 앞에 두고 다들 긴장해 있었다. 몇 번이고 노벨문학상 후보들이 오르내리는 영국 도박 사이트 나이서 오즈(Nicer Odds)를 살펴봤다. 전날까지만 해도 찬쉐가 1위였는데, 그날은 제럴드 머네인이라는 낯선 호주 출신 작가가 1위에 올라 있었다. 당시 국내에 번역본이 나와 있지 않아서, 머네인이 수상하면 압둘라자크 구르나 때와 같은 수고를 반복해야 하는 건가, 밥을 먹으면서도 골치가 아팠다.

구글링을 해서 다른 도박 사이트를 살펴봤는데 순위가 높지는 않았지만 우리나라의 소설가 한강의 이름이 보였다. "설마, 한강이 받는 건 아닐까요?" 했더니 다들 갸우뚱했다. 지금 돌이켜보면 부커상 수상자라는 '경력직'에 민주화 운동이라는 주제를 다룬 소설을 썼다는 것, 그해 수상 가능성이 높았던 비서구권 여성 작가라는 점 등 모든 지표가 한강을 가리키고 있었지만, 아무도 그 생각을 하지 못했다.

노벨문학상은 나이 지긋한 원로 작가에게 주는 것이라는 편견을 뛰어넘기에 오십대인 한강은 너무 젊었다. 그래서 당시에 한국 작가가 수상자로 호명될 가능성을 그 누구도 염두에 두지 않았다. 노벨문학상 발표일이면 고은 시인 자택 앞에서 기자들이 대기하던 시절도 있었지만, 미투 사건 이후로 가능성이 없어졌다고 모두들 생각했기 때문이다.

하루키가 받으면 어떡하지? 혹은 아예 모르는 작가가 받으면 어떡하지? 걱정하며 저녁을 먹고 다시 사무실로 돌아온 게 7시 40분. 7시 50분쯤부터 한림원 유튜브를 들여다보며 온 신경을 집중하고 있었다. 매년 보는 익숙한 한림원 기자회견장의 문이 열리고 마츠 말름 한림원 종신위원의 수상자 발표가 시작될 때, 심장이 좔아드는 것 같은 긴장을 느끼며 화면에 바짝 가까이 다가갔는데… 순간 귀를 의심했다. 한강? 내가 방금 들은 이름이 내가 아는 그 한강이 맞는지?

대부분의 한국인들이 기쁨의 환호성을 터뜨렸을 순간, 내게 찾아든 감정은 충격과 공포였다. 여기저기서 탄식이 쏟아졌다. 어떡하지? 준비 안 했는데, 지면 어떻게 만들지? 큰일났다···. 머리를 둔기로 맞은 것 같았고, 혼란스러웠다.

노벨문학상 발표 날 우리는 2

편집국은 그야말로 카오스. 바쁜 건 우리뿐 아니라 편집부도 마찬가지였다. 한국인 최초 노벨문학상 수상이라는 역사적인 순간을 보도하려면, 이미 다른 기사들로 채워져 있던 지면을 한 시간 안에 한강 수상과 관련된 뉴스로 완벽하게 교체해야 하는 것이다.

종합 1~3면과 문화면. 네 개의 지면이 주어졌다. 광활했다. 눈앞에 마감들이 줄지어 있었다. 지방판 마감은 밤 9시, 수도권판 마감은 밤 11시, 서울 시내판 마감은 자정…. 일단 눈앞에 닥친 9시 마감부터 해내고, 11시 상황에 맞춰 기사를 업데이트해야 할 상황이었다.

모두들 아이디어를 냈다. 나는 일단 한강의 부친인 소설가 한승원에게 전화를 걸었다. 이전에 한강이 부커상을 수상했을 때, 장흥에서 마을잔치를 열었던 그를 인터뷰했던 적이 있다. 신호는 갔지만 아무리 기다려도 전화를 받지 않는다. 이미 다른 기자의 전화를 받고 있는 건지, 전화벨 소리를 못 듣는 건지 알 수 없었지만, 시간이 없는데 전화에만 매달릴 수는 없었다.

그래, 번역! 그간 한국 작가가 노벨상을 받지 못했던 가장 큰 이유로 꼽혔던 것이 번역의 문제 아니었던가. 2016년 한강의 부커상 수상 때 영국 번역가 데버라 스미스의 번역이 화제가 되었던 것이 생각나, 번역의 쾌거를 주제로 한 박스 기사를 쓰겠다고 부장께 보고한 후 기사 작성을 시작했다. 과거 기사를 뒤져 자료를 모았지만 상황에 대한 전문가 분석이 필요했다. 문학 담당 경험이 있었던 후배로부터 평론가들 연락처를 전달받아 무작정 전화를 걸기 시작했다. 모든 신문사 기자들이 일제히 전화를 걸고 있을 것이 뻔했기 때문에 어쨌든 남들보다 조금이라도 먼저 시작하는 것이 중요했다. 여기저기 다짜고짜 전화를 돌리는 22년 차 기자라니, 수습기자 때나 지금이나 이 일의 기본은 '다짜고짜'라는 생각이 들었다.

다행히도 몇 명의 문학평론가와 통화가 되었다. 나는 그들에게 한강의 노벨문학상 수상 소식을 처음으로 알려준 사람이었다. 데버라 스미스는 한국어를 배운 지 6년 만에 『채식주의자』를 번역해 화제가 되었는데, 한강의 부커상 수상 이후 오역 논란도 있었지만, 그 번역이 서구인의 취향에 맞는 번역인 것은 분명하다는 등의 이야기를 들었다. 또한 한강의 이러한 성취가 K-팝과 K-드라마 등이 그간 일궈놓은 문화적 토양 위에 가능한 것이었다는 의견 등도 들어 기사에 녹일 수 있게 되었다.

모두들 패닉 상태였지만, 일을 나눠 차근차근 진행했다. 무에서 유를 창조하며 한 시간 만에 지면 네 개를 막고 나니, 회의에 다녀온 부장이 기사 계획을 다시 짜서 나눠주었다. 11시까지 남은 시간 두 시간. 수도권판 지면을 막기 위한 또 다른 경주가 시작되었다.

지난 120여 년간 노벨문학상의 영토에서 한국은 '아시아의 변방'이었다. 일본은 가와바타 야스나리 (1968), 오에 겐자부로(1994), 가즈오 이시구로(2017· 국적은 영국) 등 세 수상자를 배출했고, 중국은 가오싱젠(2000·국적은 프랑스), 모옌(2012) 등 두 수상자를 배출했다. 한국은 시인 고은, 소설가 황석영 등이 2000년대 초부터 유력 후보로 외신에 등장했지만 번번이 고배를 마셨다.

아시아 출신 수상자들에 초점을 맞춰 기사를 업데이트하라는 지시를 받고 이런 문단으로 시작하는 기사를 쓰기 시작했다. 생각이 정지된 것처럼 머리가 멍했다. 기사가 나를 쓰는 건지, 내가 기사를 쓰는 건지 모른 채 기계적으로 손가락을 움직였다. 이렇게 급박한 사태가 있을 때마다 신기한 것은 거의 판단 정지 상태로 기사를 작성하는데도, 지난 20년간 마감을 해온 그 관성으로 어떻게든 마감을 해낸다는 사실이다. 일을 몸으로 익힌다는 건 그래서 중요하다.

　　호떡집에 불난 것만 같은 카오스 속에서 수도권판 바삼을 하고 한숨 놀리는데, 한림원 유튜브에 한강과의 인터뷰가 올라왔다. "이건 넣어야겠는데요. 시내판 기사도 다시 써야겠어요." 선배가 말했고 부장이 고개를 끄덕였다. 문학 담당 후배의 손이 바쁘게 움직였다.

　　모든 일이 끝나자 자정이었다. 목이 탔다. 도파민 과다 분출로 들끓어오르는 뇌를 진정시키기 위해서라도 알코올이 필요했는데, 누군가 제안했다.

"우리 딱 30분만 마시고 갈까?"

노벨문학상 발표 날 우리는 3

내가 담당하고 있는 Books 지면 마감일은 노벨문학상 발표 다음 날인 금요일. 책을 소개하는 지면에서 노벨문학상 이야기를 안 할 수 없어 Books 역시 두 개의 플랜을 준비해놓은 참이었다. 유명한 작가가 수상하면 그 작가 대표작을 리뷰하고, 많이 안 알려지고 번역본 없는 작가가 수상하면 평소처럼 그냥 신간을 소개하기로. 유명 작가가 수상하면 문학 담당 후배가 노벨상 수상 작가의 작품 리뷰를 맡기로 하고 나는 평소처럼 신간을 읽고 있었는데, 한강 수상이라는 전무후무한 사건으로 그 계획에도 전면 수정이 필요했다.

한강 기자회견이 잡히면 문학 담당은 즉시 현장으로 가야 하니 리뷰를 맡길 수 없다는 상부의 판단 하에 결국 리뷰가 나의 몫이 되었다. 걱정이 몰려왔다. 내일 기사 어떡하지? 한강 대표작들을 전자책으로 구입해 다운받고 새벽 3시 반쯤 침대에 누우면서 휴대전화를 켰더니, 인스타그램이며 페이스북이며 다들 한국인 최초 노벨문학상 수상자 탄생을 축하한다고 떠들썩했다. 나 왜 눈물이 나냐. 기쁨이 아니고 힘듦의 눈물…. 외딴섬에 홀로 떨어진 것 같은 기분으로 일단 잠자리에 들었다.

불안 속에서 아침이 왔다. 몇 시간 자지 못해 피로가 누적된 채로 눈을 떠 타지부터 확인했다. 혹여 낙종(落種)한 것이라도 있을까 봐 불안했는데, 다행히도 선방한 듯했다. 한강 대표작들을 거의 다 읽었으니 어떻게든 리뷰를 쓸 수 있을 거라 생각하면서 리드(lead·기사 첫 문장)를 고민하며 출근 준비를 하는데, 부장으로부터 전화가 걸려왔다. 지면 계획이 바뀌었다고 했다. 한림원이 수상 이유를 밝히며 언급한 한강 대표작을 문학 담당 기자가 리뷰하기로 했으니 네 리뷰는 필요없다고. 허탈했지만 노벨문학상 기획 덕분에 Books 지면도 하나 줄고 톱 기사에서 벗어났으니 다행이라 생각하며 출근했는데… 회사가 나를 그렇게 쉽게 놀릴 리 없지….

한강 수상 소식을 들은 국내외 작가들의 반응을 취재해 박스 기사를 쓰라는 지시가 떨어졌다. 아니, 저 오늘 Books 지면도 만들어야 하고, 지면 총괄하는 담당자로서 매번 써야 하는 편집자 레터도 아직 안 썼어요….

마음이 급해서 오전 내내 작가들 소셜미디어를 뒤지며 전력 질주해 후다닥 노벨문학상 관련 박스 기사를 썼다. 시간을 아껴야 하므로 점심도 구내식당에서 후루룩 먹었다. 교보문고 광화문점은 개장 전부터 한강 책을 사려는 사람들이 장사진을 이뤘다는 소식을 들은 참이었다. 아무리 바쁘더라도 명색이 출판 담당 기자이니만큼 현장에 가봐야 할 것 같았다.

우와! 탄성이 절로 터져나왔다. 실시간으로 책이 마구 팔리는 모습을 본 건 태어나서 처음이었다. '날개 돋친 듯 팔린다.'라는 문장을 장면으로 구현하면 저 모습이겠구나 싶었다. 종로 쪽 입구 매대에 『채식주의자』『소년이 온다』 등 한강 대표작이 놓여 있고, 서점 직원이 끊임없이 책을 공급하는데 사람들이 구름처럼 몰려들어 질세라 몇 권씩 낚아채고 있었다. 백화점 바겐세일에서 특가상품을 쓸어 담는 사람들을 연상케 했다.

현장 취재를 무사히 마치고 사무실로 돌아와 Books 지면을 만들고 있는데, 오전에 열심히 쓴 박스 기사는 지면이 모자라 들어갈 자리가 없다는 청천벽력 같은 소식이 들려왔다. 열심히 쓴 기사가 사장되는 건 신문사에선 비일비재한 일이지만 하필이면 발등에 불 떨어져 바쁜 마감날 이런 일이 일어나다니….

그래도 온라인에는 살릴 테니 괜찮다고 마음을 달래면서 편집자 레터를 썼다. 제목은 〈한강, 그리고 린드그렌〉. 한림원과의 인터뷰에서 인터뷰어는 한강에게 묻는다. "스웨덴 작가 아스트리드 린드그렌이 영감의 원천 중 하나라고 하는 글을 읽었는데." 한강은 답한다. "어렸을 때 아스트리드 린드그렌의 책 『사자왕 형제의 모험』을 무척 좋아했다. 그가 내 어린 시절에 영감을 준 유일한 작가라고는 말할 수 없지만, 나는 그 책을 인간이나 삶, 죽음에 관한 나의 질문들과 결부지을 수 있었다."

덴마크 전기 작가 옌스 안데르센은 린드그렌 평전 『우리가 이토록 작고 외롭지 않다면』에서 "『사자왕 형제의 모험』이 외로움에 관한 책이기도 하다는 작가의 말을 많은 이들이 간과했다."라고 적었다. 책은 병약한 소년 카알이 형 요나탄과 함께 악당을 물리치는 이야기를 다루는데, 이야기의 마지막에서 더이상 연약한 겁쟁이가 아닌 카알은 말한다. "그 누구도 혼자 남아 슬피 울면서 두려움에 떨 필요가 없어."『말괄량이 삐삐』를 쓴 아스트리드 린드그렌의 또 다른 대표작『사자왕 형제의 모험』은 우리나라에선 창비아동문고 중 한 권으로 1983년 처음 소개되었다. 초등학생 때의 내가 100권이 넘는 창비아동문고 중 가장 좋아했던 책이 바로『사자왕 형제의 모험』이었다. 몽상을 즐기던 조용한 소녀가 어떻게 한국에 첫 노벨문학상을 안겨준 작가로 자라났는지, 삶과 죽음, 그리고 외로움에 대한 이 동화에 힌트가 있을 거라고 생각했다.

이런 내용을 담아 편집자 레터를 쓰고 Books 지면을 마감하고 났더니, 저녁 회의에 참석했다 들어온 부장이 오전에 내가 쓴 박스 기사를 다른 기사랑 합쳐서 종합 2면 톱 기사로 만들자고 했다. 다행인지 불행인지 그날은 당직. 일단 동료들과 저녁을 먹고 사무실로 돌아왔더니 문화면 편집자들이 호들갑스럽게 말을 건넸다. "팀장. 교보문고 갔더니 한강 책『여수의 사랑』절판됐던 구판을 창고에서 꺼내 팔고 있더라고요. 사람들이 '리미티드 에디션'이라면서 열 권씩 사 가고 있어요." 네? 뭐라고요? 컬렉터 아이템이라면 언제나 반색하는 내가 당장 사러 갈 준비를 하는데, 편집자 중 한 명인 S가 다급히 말렸다.

"저 두 권 샀는데 한 권 드릴게요.『여수의 사랑』이 아니라 'S의 사랑'이라고 기억해주세요."

밤 9시 30분, 다시 회의에 다녀온 부장이 기사를 또 고쳐야 한다고 했다. 필자는 내가 아닌 문학 담당 후배였지만, 이틀째 같이 스트레스를 받아서인지 머리가 멍했다. 디지털 시대에 밤새 지면의 효율을 위해 지면을 다시 배치하고, 기사 분량 자르고, 다시 쓰며 업데이트를 반복하는 신문이야말로 노동집약적인 종합예술이라는 말이 어디선가 나왔다. "요즘 종이신문 누가 본다고 이 삽질을 해요."라는 나의 푸념에 어느 선배가 말했다. "그러니 예술이지." 천 삽 뜨고 허리 펴기 아니고요?

노벨문학상 수상에 대한 한강의 육성을 들어야만 이 국면이 일단락될 것 같았다. 빨리 기자회견 하고 노벨문학상 관련 이슈들을 털어버린 후 구내식당에서 어떤 메뉴를 먹을지가 가장 큰 고민인 평화로운 일상으로 돌아가고 싶었는데, 이 와중에 한강은 우크라이나 전쟁 등으로 전 세계에서 사람들이 죽어가는데 잔치를 할 수 없다며 기자회견을 하지 않겠다고 했다. 울고 싶었다. 아니, 작가님. 그 마음 참 아름다운데…. 며칠째 고생하는 동포 언론인들도 좀 생각해주시면 안 될까요…?

바쁘지만 기쁘지 않냐고 사람들이 물었다. 하지만 너무나 정신이 없고, 낙종할까 두려워서 그런 감정이 끼어들 틈이 없었다. 노벨문학상 수상자 발표 다음 날인 금요일까지 나를 사로잡은 주된 감정은 '어떡하지.' '큰일났다.'였을 뿐. 주말이 되어서야 잘 만큼 충분히 자고 기력을 되찾으니 K-팝, K-드라마, K-무비에 이어 이제 K-북도 되는구나 싶어져, 글 쓰는 사람 중 한 사람으로서 '기쁘다.'는 정리된 감정이 생겨났다.

오랫동안 한국어가 보편어가 아니라는 사실은 우리 문화가 세계로 뻗어가는 데 큰 장벽이었다. 영

어로 번역이 어렵다는 문제가 항상 대두됐는데 봉준
호 감독이 2020년 영화 〈기생충〉으로 아카데미상을
수상하면서 '1인치의 장벽'이라 불리던 자막의 문제
를 뛰어넘더니, 이제 문학에서도 가능해졌다는 생
각이 들었다. 그 주인공이 (상대적으로) 젊은 여성 작
가라는 점이 같은 여성으로서 통쾌하고 기쁘기도
했다.

사람들이 노벨문학상 소식에 지대한 관심을 쏟
는 걸 보면서 문학이 고급 예술이면서도 대중적인
분야라는 것, 책이라는 매체가 갖는 권위 등도 새삼
깨달았다. 그래서 많은 이들이 불확실하고 돈벌이도
되지 않는 작가 타이틀을 그렇게 갈망하는지도 모르
겠다. 그러나 역시 기자로서는… 빨리 좀 끝나자, 이
노벨문학상 국면.

그나마 '담당 기자' 입장에서 위안이 되는 것은
적어도 10년 내에 다시 한국 작가가 노벨문학상 수
상자가 될 일은 없을 것이라는 점이었다. 내년 노벨
문학상 수상자 발표 날에도 아마 나는 회식용 구내
식당 역할을 하는 회사 근처 식당에서 동료들과 저
녁을 먹으며 바짝 긴장한 채 수상자를 점치고 있겠

지. 하지만 설령 무라카미 하루키가 노벨문학상을 받더라도 더 이상 두렵지 않을 것 같다. 2024년만큼 힘든 노벨문학상 수상자는, 단언컨대 내가 기자생활을 하고 있는 동안은 다시 없을 것이므로.

나의 뉴욕 시절

뉴욕대 출신 배우 이서진이 한때 살았던 도시 뉴욕을 현지인 눈높이로 여행하는 예능 프로그램 〈이서진의 뉴욕뉴욕〉에서, JFK 공항에 내린 이서진은 나영석 PD를 비롯한 제작진을 맨해튼 차이나타운의 딤섬집으로 이끈다. 미국에 왔으니 '아메리칸 푸드'를 맛볼 것으로 기대했던 제작진은 어리둥절해하지만, 나는 '역시 진짜 뉴요커답다.'고 이서진의 선택을 이해하며 웃었다. 나도 만약 다시 뉴욕을 방문한다면 긴 비행으로 지친 몸을 위로하기 위한 첫 끼니로 양 많고 기름진 미국 음식이 아니라 딤섬이나 베트남 쌀국수, 아니면 라멘 같은 아시아 음식을 고를 것이므로. 코리아타운의 설렁탕집도 괜찮지만, 막 한국을 떠나왔는데 바로 한식을 먹기엔 어딘지 멋쩍으니까.

* * *

2016년 8월부터 2017년 7월까지. 그 1년을 나는 나의 '뉴욕 시절'이라 부른다. 어학연수 한번 가본 적 없는 내가, 난생처음으로 해외에서 살아본 시기.

만 서른여섯부터 서른일곱까지의 그 1년은 내 인생에 있어서 그야말로 획기적인 한 해였다. 낯선 환경과 시스템 속에서, 낯선 언어로 말하고, 낯선 이들을 만나며, 낯선 눈으로 세계를 마주했다는 점에서도 그랬지만, 만 열아홉에 대학에 입학하며 자취를 시작한 이래 가장 요리를 많이 한 시기였다는 점에서도 그랬다.

당연한 일이다. 뉴욕에는 구내식당이 없었으니까. 대학 시절에는 학교 구내식당에서 주로 끼니를 때웠고, 졸업 전에 취직해 그 이후엔 쭉 회사 구내식당에서 거의 매끼를 해결했던 내게 구내식당의 부재는 곧 끼니의 부재와 다름없었다. 비지팅 스칼라로 소속돼 있었던 뉴욕대학교의 IFA(Institute of Fine Arts), 즉 미술사학과 대학원은 다운타운의 본캠퍼스와 멀리 떨어진 업타운에 있었다. 듀크대학교 창업자인 제임스 듀크가 기증한 저택 '듀크 하우스'를 개조한 그 우아한 건물에 구내식당은 없었다. 식탁이며 의자가 놓인 휴게 공간이 있었는데 학생들은 점심으로 가져온 도시락을 거기서 먹곤 했다.

비지팅 스칼라라는 신분은 굳이 따지자면 패컬

티(faculty), 즉 교원에 가까웠지만 나는 사실상 학생이나 마찬가지였다. 매 학기 청강하는 수업이 있었고, 수업과 수업 사이 점심식사를 해야만 했다. 등굣길에 렉싱턴 애비뉴 78가의 지하철역에서 내려 매디슨 애비뉴로 걸어가, 업타운의 부유한 주부들이 아이 이유식을 배달시켜 먹는 곳이라는 버터필드 마켓에서 물과 샌드위치를 사는 것이 당시 나의 일과 중 하나였다.

익혀서 조미된 캔 참치가 들어 있는 한국식 참치 샌드위치를 생각하고 샀던 튜나 샌드위치에 회 상태에 가까운 생참치가 들어가 있는 걸 발견하고 기겁하고선 다음부터는 치킨 샌드위치로 노선을 틀었다. 칠면조고기를 넣은 터키 샌드위치가 괜찮다는 선배 언니의 추천이 있었지만, 퍽퍽하기만 할 뿐 그다지 맛있다는 생각이 들지 않았다.

무엇보다 그 샌드위치들은 꽤나 비쌌다. 슈퍼마켓 샌드위치 하나에 왜 우리 돈 7,000~8,000원을 주고 먹어야 하는지 받아들이기 어려웠지만 별다른 도리가 없었다. 매일 점심시간이면 나는 유럽 귀족의 응접실을 연상케 하는 듀크 하우스의 화려한 휴게 공간에 앉아 샌드위치를 우걱우걱 씹어 먹으며 한국 포장마차에서 종이컵에 구겨 넣어주는 뜨거운 즉석 토스트를 그리워했다.

내가 세 들어 살던 미드타운의 콘도(아파트) 근처에 수낙이라는 슈퍼마켓이 있었다. 아시안 슈퍼마켓인 수낙의 운영자가 한국 사람이라는 소문이 있었는데, 그래서인지 수낙에선 신라면과 레토르트 떡볶이를 비롯, 쌕쌕이나 비락식혜 같은 한국 음료들을 팔았다. 그런데 내게 가장 도움이 되었던 건, 한국 식품보다는 델리 코너였다. 여기선 뜨거운 수프, 파스타, 샐러드 등 각종 음식을 뷔페처럼 늘어놓고 팔았다. 먹고 싶은 걸 포장 용기에 담아가면 직원이 무게를 달아 계산해주었다. 맛도 나쁘지 않고 가격도 합리적이라 종종 이용했다. 대학원생이었던 룸메이트 L도, 의류회사에서 인턴십을 하던 룸메이트 M도, 바쁜 날이면 수낙을 이용하곤 했다.

식당에서 사 먹는 음식은 대개 비싸고 양이 많았다. 〈이서진의 뉴욕뉴욕〉을 보면 이서진과 함께 정통 미국 음식을 먹으러 간 나영석 PD가 치킨 윙과

바비큐 립이 산더미처럼 쌓여 나오는 것에 놀라는데, 보통의 미국 식당은 보기만 해도 질릴 정도로 음식이 많이 나온다. 미국 음식이라는 게 한국인 입맛에는 짜고 기름지기 때문에 나는 외식할 땐 타이 식당이나 중식당을 즐겨 가곤 했는데 거기도 양이 많은 건 매한가지였다. 서울에선 피자가 아니면 음식이 남아도 포장해 오는 일이 없었는데, 뉴욕에서는 피자는 물론이고 밥이며 반찬까지, 남은 음식을 포장해 와 다음 끼니를 때우는 것이 일상이었다.

이쯤 이야기했으면 독자들은 궁금증이 생길 것이다. 이 사람은 뉴욕 생활을 하는 동안 태어나서 가장 자주 요리를 했다면서 왜 계속 사 먹는 이야기만 하는 걸까?

물론 요리를 했다. 주재원이든 연수자든 유학생이든, 나처럼 잠시 미국 생활을 하는 한국 사람들 중에는 자기가 한 음식이 가장 맛있어서 요리를 한다는 사람이 꽤 많았지만, 나는 아니었다. 내가 한 음식이 크게 맛있지도 않았고 요리하는 것을 즐기지도 않았지만, 해 먹는 게 가장 쌌기 때문에 억지로 했다. 식재료는 주로 코리아타운의 H마트와 23가의 트레이더조에서 샀다.

한국인 어머니와 미국인 아버지 사이에서 태어나 미국에서 뮤지션으로 활동하는 미셸 자우너가 세상을 뜬 어머니를 그리며 쓴 에세이 『H마트에서 울다』는 이런 문장으로 시작한다. "엄마가 돌아가신 뒤로 나는 H마트에만 가면 운다." 자우너는 한국 식료품점 체인인 H마트에서 엄마가 해주던 달걀 장조림, 동치미, 만두 등을 떠올리며 운다. 미국 시절의 나 역시 H마트에서 울었다. 고춧가루, 대파, 물 많은 한국 배, 양념된 장어, 미국 마트를 아무리 돌아다녀도 구할 수 없었던 욕실용 슬리퍼나 플라스틱 바가지 등 한국 식재료와 식품, 제품들을 팔고 있지만 이곳은 아무래도 한국이 아니라 미국이라서, 익숙한 고국의 것들이 내가 이방인이라는 사실을 더 도드라지게 해서, 결국은 한국이 그리워서 울었다.

한국 마트인데 카운터에는 히스패닉 직원들이 많은 것, 한국인 직원들이 한국인인 내게도 영어를 쓰는 것, 어쩌다가 한국말을 하며 계산할 때도 "12달러 50센트요."라고 하지 않고 "12불 50전이요."라며 재미 한인들이 흔히 그러듯 '센트' 대신 '전'을 사용하는 것…. 익숙함의 가면을 쓰고 있지만 사실은 낯선 그 모든 것들이 그 공간을 미국이라는 거대한 바다에 홀로 동떨어진 섬처럼 느끼게 했다.

H마트에서 내가 주로 산 것은 쌀이었다. 집 앞 수낙에 일본산 고시히카리를 팔았지만, 왠지 쌀만은 꼭 한국산으로 사고 싶었다. 쌀과 함께 밑반찬을 자주 샀다. 장조림, 오징어채 볶음, 깻잎, 연근 조림, 멸치 볶음, 오징어 젓갈…. 서울에 있을 때도 냉장고에 없던 그 밑반찬들이 룸메이트들과 4분의 1씩 공간을 나눠 쓰던 뉴욕의 냉장고엔 꼭 있었다. 2kg짜리 쌀을 사고, 밑반찬을 사고, 끙끙대며 지하철과 버스를 타고 집으로 돌아오던 나날이 생각난다. 보통 저녁 무렵이었다. 쌀이 든 비닐봉지는 무거웠다. 그렇다고 해서 식비 아끼려고 식재료 사러 H마트까지 갔는데, 비싼 택시를 타고 돌아올 순 없었다.

미국 식료품 체인인 트레이더조를 한국 사람들은 '트조'라 줄여 불렀다. 23가의 트조에는 주로 냉동식품을 사러 갔다. 룸메이트 M이 추천한 냉동 대구 필레, 냉동 LA갈비, 달콤새콤한 소스를 끼얹어 먹으면 탕수육 맛이 나는 냉동 만다린 오렌지 치킨, 냉동 파전…. 레몬 향 나는 파스타 면과 갖가지 파스타 소스, 달걀 등도 모두 트조에서 샀다. 트조 마니아인 M은 새로운 과자라든가 음료 등에 도전해보는 걸 즐겼지만 나는 매번 사는 것들만 샀다. 음식에 대한 탐구심이 없었기 때문인 것 같다.

내가 해 먹는 요리도 매번 똑같았다. 룸메이트들과 함께 쓰는 공동 밥솥에 밥을 가득 지어 랩으로 1인분씩 싸서 뜨거울 때 냉동실에 넣어 얼려놓았다가 전자레인지에 돌려 트조의 LA갈비나 쿵파오 치킨과 함께 먹었다. 밥을 해서 냉동시키고 다시 데우는 것보나 햇반을 먹는 편이 간편했겠지만, 미국에선 햇반이 비싸기 때문에 차마 사 먹을 엄두가 나지 않았다. 한국서는 생전 안 먹던 두부도 종종 사 왔는데 소금 살살 뿌려 구워 먹으면 간단한 한 끼가 됐기 때문이다.

M이 알려준 대로 냉동 대구를 녹이고 파스타 면을 삶고, 팬에 파스타 면과 대구살을 넣고 소스를 부어서 뒤적뒤적해 파스타를 만들기도 했다. 파스타 면도 소스도 여러 가지로 사보았다. 그전까지 파스

타는 밖에서 사 먹는 것으로만 생각했는데 뉴욕 생활을 하면서 파스타야말로 정말 해 먹기 쉬운 음식이라는 걸 깨달았다.

그나마 내가 간간이 해 먹었던 특식은 누군가 알려준 아보카도 간장밥. 잘 익은 아보카도를 깍둑썰기해서 뜨거운 밥 위에 올리고, 달걀 프라이를 얹고, 간장을 휘리릭 뿌려서 비비면 끝인 세상 쉬운 요리였다. 사실 요리라고도 부를 수 없는 음식이지만, 아보카도가 버터 역할을 해 부드럽고 고소하며 맛있었다.

"언니는 먹는 걸 싫어하나 봐요."

"아니야. 싫어하지 않아. 나 먹는 거 좋아해. 왜 그렇게 생각해?"

"먹는 걸 좋아하면 이렇게 요리를 안 할 순 없거든요."

룸메이트들은 모두 나를 신기하게 생각했다. M은 주말이면 일주일치 점심 도시락을 미리 만들어놓았고, 다른 룸메이트 L은 떡볶이를 만들고 고기를 굽는 등 매끼를 푸짐하게 해 먹었다. 그들에 비해 내식탁은 늘 빈약했다. 여럿이 함께 식사할 경우, 나는 재료 구입을 담당하고 룸메이트들에게 요리를 부탁하는 편을 택했다.

아마존에서 29달러에 산 민트색 슬로 쿠커는 셰어하우스의 맏언니로서 내 체면을 세우는 역할을 톡톡히 했다. 미국에서 살고 있는 대학 동기의 블로그에서 보고 슬로 쿠커의 존재를 알게 된 나는, 단지 로스트 치킨을 해 먹고 싶다는 이유만으로 슬로 쿠커를 '질렀다'.

어느 일요일, 트레이더조에서 사 온 유기농 닭을 와이너리 투어에서 발로 포도를 직접 으깨 만들었던 와인에 한나절 담가 잡내를 제거했다. 닭을 꺼내 물에 헹군 후 표면 전체에 소금과 후추를 뿌리고 다진 마늘을 발랐다. 레몬을 포크로 여러 번 찔러 즙을 낸 채로 닭 배 속에 넣고, 생강도 썰어 함께 넣고, M이 준 로즈마리 두어 줄기를 닭 뒤꽁무니에 꽂았다. 슬로 쿠커 솥 안에 쿠킹포일을 깔고, 따로 쿠킹포일을 뭉쳐 공을 네 개 만든 다음 솥 네 귀퉁이에 받침대 삼아 놓은 후 그 위에 닭을 올렸다. 내가 참고한 블로그에 따르면 그렇게 하면 받침대 아래로 기름이 쫙 빠진다고 했다. 남은 생강을 닭 위에 뿌리고 뚜껑을 닫고 고온 두 시간, 저온 너댓 시간으로 익히면 끝. 처음 해보는 거라 자신이 없어서 "성공하면 함께 밥 먹자."라고 룸메이트들에게 말하곤 외출했는데 L에게 문자가 왔다.

— 언니, 냄새 너무 좋아요. 냄새만으로는 성공한 것 같아요.

집에 도착했더니 향기로우면서 맛있는 냄새가 집 안에 가득했다. 슬로 쿠커 스위치를 끄고 뚜껑을 열어 닭을 꺼냈더니, 살이 부들부들해서 저절로 뼈에서 발라졌다. 서양식 백숙 같다고 해야 하나? 간도 잘 배었고 레몬 향이 향긋했다. 룸메이트들이 내놓은 씨겨자와 고추장 소스를 곁들이고, M이 만든 모차렐라 오이 토마토 샐러드와 또 다른 룸메이트의 마늘 장아찌를 반찬 삼아 넷이서 30분 만에 닭 한 마리를 해치웠다. 기름기가 쫙 빠져서 부드럽고 속도 편했다. 슬로 쿠커 데뷔, 성공적. 설거지가 끝난 후 나는 슬로 쿠커를 공용 부엌에 기증했다. 머리를 맞댄 채 슬로 쿠커로 가능한 요리 목록을 작성하고 있던 룸메이트들에게 데뷔와 동시에 은퇴를 선언했다.

* * *

뉴욕에서 돌아온 지 7년이 되었다. 돌아온 서울에서 가장 반가운 것은 구내식당이었지만, 구내식당은 다시 내게서 요리를 앗아갔다. 주말에는 햇반과 배달 음식이 구내식당의 부재를 대신한다. 간편하고 효율적인 생활. 번잡한 가사일을 밀쳐놓고 회사일과 글쓰기에만 집중할 수 있어 좋긴 하지만, 가끔씩 억지로 요리하던 뉴욕 시절 집 안을 가득 채우던 부엌의 온기가 그립기도 하다. 밥솥에선 김이 나고, 프라이팬에선 기름이 자글거리고, 냄비에선 무언가가 끓고 있는…. 집 전체를 데우는 이 모든 열기를 내가 빚어냈다는 조물주로서의 자신감.

그렇지만, 그렇다고 해서, 구내식당을 반납하고 싶은 생각은 결코 없다.

태초에 엄마 밥이 있었다

구내식당 점심 메뉴를 확인하면서 안도의 한숨을 내쉬었다. 육개장, 보리밥, 두부 구이와 양념장, 호박 야채 볶음, 마늘종 무침…. 두부, 두부가 있다! 배식대에서 두부 두 접시를 집었다. 양념장은 패스. 육개장과 마늘종 무침도 그냥 두고 왔다. 그런데, 보리밥이네…. 먹어도 될까? 그렇다고 밥 없이 두부만 먹을 순 없잖아.

건강검진 사흘 전, 대장내시경을 앞두고 식단 조절이라는 커다란 숙제에 부딪혔다. 뭐 이렇게 먹으면 안 되는 게 많은지. 섬유질이 많아 소화가 잘 안 되는 김치와 나물 같은 채소류 및 건더기 있는 국, 소화 시간이 오래 걸리는 고기와 잡곡밥, 장의 주름 사이에 콕콕 박혀 검사하는 의사의 시야를 가리는 씨 있는 과일이나 고춧가루가 들어간 음식, 장에 착 달라붙을 가능성이 있는 김 같은 해조류 등은 먹으면 안 된다. 그러니까 흰 밥이나 흰죽, 두부, 껍질 벗긴 사과나 배, 부드러운 카스텔라, 감자나 생선 정도만 먹을 수 있다.

하루 두 끼는 꼬박꼬박 집 밖에서 먹는 회사원에게 이 식단을 엄격하게 지킨다는 건 대단히 어려운 일이다. 작년엔 건강검진 날짜를 생일 근처에 잡는 바람에 생일파티를 빙자해 연일 폭식하고서는 결국 직전에 대장내시경을 취소했다. 하지만 올해는 꼭 해야 한다. 지난번 검사 때 선종 제거를 했기 때문에. 병원에서 3년마다 한 번씩 대장내시경을 하라고 권했는데, 벌써 5년이 지났기 때문에 더 이상 미룰 수가 없었다.

두부에 살짝 소금간이 되어 있었지만 맨 두부만 먹기엔 싱거웠다. 그렇지만 어쩔 수 없다. 잘게 썬 파와 고춧가루, 깨가 들어가 있는 양념장 역시 대장내시경을 앞둔 이에겐 금지돼 있으니까. 잡곡밥도 금지였지만 밥을 안 먹을 순 없어서 아직 검사 사흘 전이니 보리밥 정도는 먹어도 되지 않을까, 하면서 꼭꼭 씹어 먹었다. 배는 고픈데 밥과 두부만으로 배를 채우자니 목이 막혔다. 그래도 흰죽이나 흰밥, 두부를 파는 집을 찾아 광화문 식당가를 헤매거나 카스텔라로 끼니를 때우고 허기져 있는 것보다는 이편이 낫겠지.

구내식당 저녁식사 메뉴는 청양버섯 된장찌개, 쌀밥, 수제 달걀말이, 비엔나 소시지 채소 볶음, 간장 깻잎지. 버섯 찌개와 깻잎은 먹을 수 없다. 쌀밥은 먹을 수 있다. 달걀은 먹어도 되는데 다진 당근 등이 들어가 있다는 게 문제…. 병원에서는 아무리 잘게 다졌더라도 채소가 들어간 달걀말이는 먹으면 안 된다고 했지만, 내과 의사인 친구가 검사 사흘 전이니 그 정도는 괜찮다고 허락해줬다. 결국 쌀밥과 달걀말이, 비엔나 소시지 몇 개를 꼭꼭 씹어 저녁을 먹었다.

그리고 주말이 왔다. 화창하고 아름다운 가을날이었지만, 먹는 게 자유롭지 않으니 아무도 만날 수 없었다. 두부와 카스텔라, 레토르트 흰죽만 먹으며 황금 같은 주말을 보내고 있자니 정말이지 우울했다. 오랜만에 가스레인지에 불을 켜고 프라이팬에 두부를 부쳤다. 요리를 하지 않으니 식용유는 이미 똑 떨어진 지 오래. 샐러드용으로 사놓은 올리브유를 두르고 부쳤는데 레몬즙이 섞인 올리브유라 향긋하니 좋았지만 두부가 프라이팬에 들러붙어 꼴이 말이 아니다. "나는 두부마저 잘 못 부치나 봐…." 엄마에게 메시지를 보내 하소연했더니 엄마의 답이 위로가 되었다. "두부는 원래 잘 들러붙어. 코팅이 잘된 프라이팬을 써야 해."

식단 조절을 하는 사흘 동안 엄마 밥이 간절했다. 환자는 아니지만 일종의 '환자 모드'로 생활하고 있자니 누군가 애정을 담아 만들어준 음식을 먹고 싶었다. 레토르트 흰죽을 데워 먹을 때 특히나 그랬다. 고시히카리로 만든 오뚜기 제품이 맛이 꽤 괜찮았지만 어릴 적 아플 때 엄마가 끓여서 간장과 함께 내주곤 하던 흰죽이 계속 생각났다.

* * *

태초에 엄마 밥이 있었다. 엄마 밥보다 구내식당 밥으로 끼니를 때운 세월이 더 길어졌지만, 그래도 나를 키운 건 엄마 밥이다. 20년 넘게 사회생활하며 갖은 산해진미를 맛보았지만 내 입맛의 근원은 여전히 엄마 밥에 있다.

그러나 우리 엄마는 밥하는 걸 전혀 즐기지 않는 사람. 객지에 있는 자식이 행여 굶을까 노심초사하며 바리바리 반찬 싸 보내는 'K-마더'와는 거리가 멀다. 1년에 한두 번, 엄마가 올라올 때면 주변 사람들은 으레 이렇게 말하곤 했다. "맛있는 거 많이 해주시겠네." 하지만 모르시는 말씀! 엄마가 서울 딸집에 오는 걸 즐기는 이유 중의 하나는 식사 준비에서 해방되기 때문이다. 어머니는 말씀하셨다. "내 집에서도 하기 싫은데 네 집에서까지 밥을 해야 하냐? 그만큼 나이를 먹었으면 엄마한테 얻어먹을 생각 말고 네가 직접 상을 차려서 엄마를 좀 봉양해봐라." 그래서 엄마가 올 때면 나는 항상 엄마가 좋아할 만한 식당을 예약하고, 배달앱을 뒤져 엄마가 좋아하는 메뉴를 찾는다.

뉴욕에서 연수하던 시절, 룸메이트 L의 어머니가 한국서 다니러 오셨다. L의 어머니에 대해 두고두고 기억에 남은 건, 미국까지 오셔서도 딸이 룸메이트 세 명과 함께 쓰는 좁은 부엌에서 굳이 요리를 하셨다는 거다. L의 어머니가 만들어 나눠주신 유부초밥을 먹으며 생각했다. '아, 엄마를 닮아서 L은 매끼 밥을 제대로 해 먹는구나. 그리고 나는 엄마를 닮아서… (이하 생략).' 우리 엄마도 뉴욕에 다녀갔지만 난 엄마가 미국까지 와서 단 한 끼라도 밥을 하리라

기대하지 않았을뿐더러, 그런 일은 당연히 일어나지 않았다. 나는 엄마와 함께 뉴욕의 각종 맛집과 집 근처 여러 식당을 탐방했다.

* * *

최근 우리집은 명절 차례를 없앴다. 어른들이 연세가 드시면서 차례 지내는 일이 버거워졌기 때문이다. 설이나 추석이면 항상 큰집에 모였는데 이제는 각자 집에서 보내게 되었다. 큰집이 서울이라 대학 진학 후엔 매년 움직이지 않고 부모님이 올라오시기만 기다렸던 나는 마흔이 가까워서야 처음으로 '귀향'이라는 걸 하게 됐다.

첫 귀향을 앞둔 추석, 내려가겠다는 내 얘길 들은 엄마의 첫 반응은 이랬다.

"왜? 여름휴가 때 왔잖아. 온 지 얼마나 됐다고 또 와?"

"그래도 추석이니까 가야지."

"뭣 하러 와. 그냥 서울에 있어. 엄마도 좀 편하게 있자. 너 오면 밥도 해줘야 하고 귀찮아."

"그럼 나 추석 때 뭐 먹어? 연휴 길어서 식당 죄다 문 닫을 텐데."

"너 좋아하는 마켓컬리에서 추석 음식 시켜 먹고 있어. 오지 마."

"…."

며칠 후 투병 중이던 후배가 세상을 떴다. 그 부모가 얼마나 애통하겠냐며 마음 아파하던 엄마는 자식의 소중함을 새삼 깨달았는지 선심이라도 쓰듯 말했다. "추석 때 오고 싶으면 와도 돼."

나는 설레는 마음으로 물어보았다.

"추석 음식 뭐 해줄 거야?"

"무슨 추석 음식? 그런 거 없어. 나 그런 거 못해."

"엄마가 뭔가를 해놔야 내가 싸 와서 남은 연휴 동안 먹지."

"얘 좀 봐. 뭘 싸 가? 싸줄 것 없어."

"아니… 추석 때 자식이 집에 내려간다고 하면 엄마가 해줄 것 같은 추상적인 뭔가가 있잖아. 나도 처음이라 뭔지 모르는데 그 관념을 구체화해 달라고!"

"나, 명절 음식 할 줄 몰라. 한 번도 해본 적 없어. 네가 해."

그렇다. 엄마는 명절 음식을 해본 적이 없다. 돌아가신 할아버지 할머니껜 엄마까지 며느리가 네 명있었지만, 그들이 한데 모여 명절 음식을 만드는 풍경을 나는 본 적이 없다. 탕국이면 탕국, 전이면 전, 나물이면 나물, 각자 집에서 준비해 포트럭(potluck)파티처럼 명절 당일에 가지고 가서 상을 차렸다. 아버지 형제들 중 우리만 지방에 살았기 때문에 엄마는 그 포트럭 파티에서도 면제였다. 명절 음식을 며칠 전에 만들어 싸들고 진주에서 서울까지 천릿길을 몇 시간씩 버스 타고 갈 수는 없는 노릇이었으니, 음식 대신 선물을 준비했다. 그러니 엄마가 명절 음식을 할 줄 모르는 건 당연했다.

나는 우물거리면서 말했다. "그래도 처음으로 귀향하는 건데, 추석의 이데아라는 게 있잖아. 거기에 맞는 뭔가를 먹고 싶다고. 이를테면 동그랑땡이라든가."

"동그랑땡? 그게 얼마나 손이 많이 가는 건데 나더러 그걸 하라는 거니? 그렇게 먹고 싶으면 도시락 싸 가지고 오든가."

그해 추석에 나는 정말로 도시락을 쌌다. 아니,

도시락을 부쳤다. 마켓컬리에서 육전, 고추전 등 나의 '추석 이데아'와 일치하는 각종 전을 주문해서 추석 전에 집으로 배송시켰다. 추석에 집에 내려가면서 자기 먹을 음식 미리 배달시켜놓는 딸 보신 분? 난 처음 보는데….

기대하던 '명절 음식'은 없었지만 그래도 엄마는 딸이 온다고(엄마 표현에 따르면 '따님 납신다고') 뭔가를 많이 했다. 삶은 감자를 으깨고 사과와 삶은 달걀, 당근과 오이 등을 넣은 '사라다'가 식탁에 올라와 있었다. 어릴 때부터 내가 좋아하던 반찬이다. 소고기를 잔뜩 넣고 미역국을 끓여놓았다. 국 종류를 즐기지 않는 내가 좋아하는 유일한 국이다. 광주의 어느 호텔에서 주문했다는 보리굴비가 나왔다. 아버지는 보리굴비를 좋아하시지 않기 때문에 그야말로 나를 위한 특식이었다. 전복죽을 끓이고, 전복 버터구이도 만들고, LA갈비도 굽고, 잡채도 했다. 매끼 진수성찬이었다.

엄마가 요리를 즐기는 사람이었다면, 크게 감동하지 않았을 것이다. 그렇지만 나 역시 엄마와 같은 부류였기 때문에, 엄마가 얼마나 스트레스 받아가며 식탁을 차렸는지 알 수 있었다. 사랑 없이는 할 수 없는 일. 매끼 상을 차리면서 '과연 맛이 있을까.' 엄마는 긴장하는 것 같았지만 어느 하나 빠질 것 없이 맛있었다. 내 혀의 미뢰는 언제나 엄마 밥엔 너그럽다. 왜 아니겠는가. 내게 있어 최초의 맛, 나를 기른 맛인데.

　　추석 연휴를 보내고 마침내 서울로 돌아가는 날, 엄마는 기차 안에서 먹으라고 참치 샌드위치를 만들어서 싸주었다. 캔 참치의 국물을 따라낸 후 삶은 달걀 으깬 것, 다진 양파와 땡초, 피클을 넣고 후추, 마요네즈, 케첩으로 간을 해 구운 식빵 사이에 넣은 샌드위치는 어디서도 맛볼 수 없는 엄마만의 레시피. 청양고추의 화끈한 맛이 이 샌드위치의 '킥'이다. 반색하며 샌드위치를 받아 드는 내게 엄마는 말했다.
　　"자, 해줄 거 다 해줬다. 이제 더 없어. 어서어서 올라가."
　　내가 탄 기차가 떠날 때까지 플랫폼에서 서성이

는 엄마의 모습을 뒤로하고 나는 다시 구내식당이 기다리는 서울로, 나의 집으로 돌아왔다.

* * *

엄마는 스물여섯에 나를, 스물아홉에 동생을 낳았다. 먹는 것도, 요리하는 것도 크게 좋아하지 않지만 두 아이가 대학에 들어가며 집을 떠날 때까지 끊임없이 밥을 해 먹였다. 어디 그뿐인가. 학교 급식이 보편화돼 있지 않던 시절이라 초등 고학년부터 고등학교 때까지 매일 도시락도 쌌다. 언젠가 엄마는 말했다. "어느 날 정신을 차려보니 내가 먹이지 않으면 굶어 죽는 입이 둘이나 딸려 있더라. '대체 내가 무슨 짓을 저지른 거야?' 겁이 덜컥 났어."

바쁜 사람들도
굳센 사람들도
바람과 같던 사람들도
집에 돌아오면 아버지가 된다.

어린것들을 위하여
난로에 불을 피우고
그네에 작은 못을 박는 아버지가 된다.

저녁 바람에 문을 닫고
낙엽을 줍는 아버지가 된다.

이는 김현승의 시 「아버지의 마음」 중 한 구절. 이 시를 읽을 때마다 엄마를 생각한다. 우리 엄마뿐 아니라 세상의 모든 엄마들을 생각한다. 요리를 못하는 사람도, 먹는 걸 즐기지 않는 사람도, 살림에 소질 없는 사람도, 아이를 낳으면 어머니가 된다. 어린것들을 위해 이유식을 만들고 매끼 밥을 먹여 키우는 어머니가 된다. 그리고 그 어머니가 만든 밥이 한 인간에게, 최초의 식사가 된다.

027   **구내식당**

눈물은 내려가고
숟가락은 올라가고

1판 1쇄 찍음 2025년 2월 10일   지은이 곽아람
1판 1쇄 펴냄 2025년 2월 17일

편집 김지향 길은수 최서영
교정교열 안강휘
디자인 김혜수 박연미
일러스트 김퇴사
미술 이미화 김낙훈 한나은
마케팅 정대용 허진호 김채훈 홍수현 이지원 이지혜 이호정
홍보 이시윤
저작권 남유선 김다정 송지영
제작 임지헌 김한수 임수아 권순택
관리 박경희 김지현 박성민

펴낸이 박상준
펴낸곳 세미콜론
출판등록 1997. 3. 24. (제16-1444호)
06027 서울특별시 강남구 도산대로1길 62
대표전화 515-2000
팩시밀리 515-2007
편집부 517-4263   세미콜론은 민음사 출판그룹의
팩시밀리 515-2329   만화·예술·라이프스타일 브랜드입니다.
                                   www.semicolon.co.kr
ISBN
979-11-94087-60-1 03810   엑스 semicolon_books
                                    인스타그램 semicolon.books
                                    페이스북 SemicolonBooks

내가 좋아하는 것을 함께 좋아하고 싶은 마음,
띵 시리즈는 계속됩니다.